NIEDERRHEIN KRIMI FÜR TEENS

Renate Ufermann, Jahrgang 1941, lebt in Moers am Niederrhein. Sie war Lehrerin für Deutsch und evangelische Religion und ist Mutter von vier Töchtern. »Wolfskuhlen« ist ihr erster Krimi für Teens. Neben anderen Büchern hat sie zwei Krimis für Erwachsene veröffentlicht, »Jagdgründe« und »Du bist dran«, die wie »Wolfskuhlen« am linken Niederrhein spielen.

RENATE UFERMANN

WOLFSKUHLEN

NIEDERRHEIN KRIMI FÜR TEENS

Emons Verlag

Umschlagzeichnung: Heribert Stragholz
Druck und Bindung: Clausen & Bosse GmbH, Leck
Printed in Germany 2005
ISBN 3-89705-369-1

www.emons-verlag.de

Für Franzi

Inhalt

1.

Ferien verkehrt

Genau in dem Moment, als Jan den Fuß vom Gaspedal nahm, um einen Blick auf das alte Wolfskuhlen zu werfen, sprang ein Mensch aus dem Gebüsch rechts auf die Straße. Instinktiv riss Jan das Steuer rum. Der alte Volvo brach aus der Bahn. Nele schrie auf, und Jan drückte wie wild auf die Hupe.

Der Wagen fing sich, und als Nele sich umdrehte, sah sie einen Mann, der mit weißen Zähnen breit lachte und den Stinkefinger zeigte.

»Idiot!«, schimpfte Jan und versuchte, im Rückspiegel noch etwas zu erkennen. »Kann der nicht aufpassen? Hast du schon mal so was Bekloppptes gesehen! Kein Auto weit und breit! Dem einzigen, das kommt, springt er genau vor den Kühler! Ist der lebensmüde?«

Nele zuckte mit den Schultern. »In dieser öden Gegend musst du wohl mit allem rechnen«, sagte sie. »Er hatte eine Baseballkappe auf dem Kopf. Mehr hab ich nicht gesehen ... Jedenfalls ist deine alte Schrottkiste ganz schön geeiert!«

»Das ist keine öde Gegend«, sagte Jan. »Und meine alte Schrottkiste ist prima wieder in die Spur gekommen. Aber von Wolfskuhlen habe ich jetzt gar nichts gesehen.«

»Nee, nur ein helles Schimmern rechts aus dem Gebüsch, aus dem der Mann rausgesprungen ist. Was genau ist denn Wolfskuhlen überhaupt?«

»Ein alter Herrensitz, ich kenn ihn noch von früher aus

besseren Zeiten. Jetzt ist es nur noch eine Ruine. Jedes Mal, wenn ich vorbeikomme, ist sie noch verfallener.«

Sie glitten ruhig die Straße entlang. Der Volvo schnurrte. Die Kronen der hohen Alleebäume rechts und links wuchsen zu einem dichten Dach ineinander. Darunter war es fast dunkel. Jan schaltete das Licht ein. Von links begleitete sie eine Weile etwas Helles, das matt von unten aus dem Gebüsch zwischen den Stämmen heraufschimmerte.

»Was ist das denn?«, fragte Nele.

»Ein See«, antwortete Jan. »Hier ist es voll von Seen. Die ganze Landschaft ist von ausgebaggerten Kiesgruben durchlöchert wie ein Schweizer Käse. Wir fahren hier wie auf einem Deich mittendurch.«

»Kann man da baden?«, fragte Nele.

»Und ob! Angeln, baden, was du willst! Allerdings ist das Baden an den meisten Seen verboten. Die Ufer fallen steil ab. Aber wir haben es trotzdem gemacht. Am Lohheider und am Waldsee ist es erlaubt. Da gibt es seichte Stellen. Das macht richtig Spaß!« Er drückte Neles Knie. »Du wirst es schön haben bei Oma.«

Oma!

»Sie ist nicht meine Oma!«, hätte Nele am liebsten gesagt, aber sie wollte Jan nicht kränken. Frau Heufeld war Jans Mutter, und der brachte sie nun zu ihr nach Vierbaum auf ein kleines Gehöft in dieser gottverlassenen Gegend am linken Niederrhein.

Neles Mutter war vorgestern von einem Auto angefahren worden. Nele war richtig erschrocken, als sie sie im Krankenhaus gesehen hatte. Bleich und elend hatte sie ausgesehen und kaum Luft bekommen. Da war es also nichts mit dem Verreisen diese Ferien. Nichts mit schwimmen im Meer und sich-in-der-Sonne-aalen am Strand.

»Du kannst unmöglich allein zu Hause bleiben«, hatte ihre

Mutter geflüstert. Nele hatte gemeutert, sie sei groß genug und so weiter. Sie wollte Mama doch außerdem jeden Tag besuchen! Irgendwann hatte Jan ihr Zeichen gegeben, sie solle aufhören, ihre Mutter mit ihrem Protest aufzuregen.

»Schließlich komme ich erst spätabends nach Hause. Ich muss arbeiten«, hatte er Mama unterstützt. »Was ist mit deinen Freunden? Kannst du vielleicht zu einem von denen?«

Aber Neles Freunde waren alle schon fort.

»Dann musst du zu meiner Mutter.«

Hinterher auf der Rückfahrt hatte sie noch einmal davon angefangen. Sie sei ja schließlich kein Baby mehr. Aber Jan war hart geblieben. »Keine Diskussion mehr. Das Wichtigste ist jetzt, dass deine Mutter wieder gesund wird. Versteh das bitte, Puck!« Puck, das war seit Jahren Neles Spitzname zu Hause. Sie hatte einmal bei einer Theateraufführung in der Schule so überzeugend einen Kobold gespielt, dass die Zuschauer mitten in der Szene angefangen hatten zu klatschen. Hinterher hatte ihre Mutter gesagt, diese Rolle sei ihr auf den Leib geschrieben.

Zu Hause hatte Jan dann Schnittchen für sie beide geschmiert, die sie vor dem Fernseher gegessen hatten, eine absolute Ausnahme. Sonst wurde in der Küche gegessen. Es hatte ihm wohl Leid getan, dass er so hart zu ihr gewesen war. Sie und er verstanden sich sonst gut.

»Komm her, Puck«, hatte Jan gesagt und sie vor dem Schlafengehen in den Arm genommen. »Ferien bei Oma sind das Zweitbeste, was du dir wünschen kannst. Und mehr ist im Moment nicht drin.«

Die Allee war zu Ende, der Wald öffnete sich, platte Felder breiteten sich vor ihnen im Abenddunkel aus. In der Ferne duckten sich ein paar dunkle Gehöfte. Genau so hatte sie es sich vorgestellt! Total einsam! Besonders für ein Mädchen aus einer Großstadt wie Duisburg! Der Rhein war wie eine Grenze gewesen. Schon als sie direkt hinter der Rheinbrücke in Baerl abgefahren waren, war sich Nele vorgekommen, als sei sie ins Exil geraten.

Bei einem der dunklen Gehöfte bog Jan von der Straße ab. »Wir sind da.«

Kies knirschte unter den Reifen, als sie über einen breiten Hof auf das Haus zufuhren. Die Tür ging auf. Im Licht, das aus dem Flur fiel, stand eine kleine schmale Frau. Sie kam zum Auto herüber, und als sie hielten, öffnete sie an Neles Seite die Tür.

»Hallo, Nele«, sagte sie, »schön, dass du da bist.«

In der Küche dann, im Licht, fiel Nele ihr seltsam pudrig wirkendes blondes Haar auf. Die Haut ihres Gesichtes war wie Wildleder, rau, aber samtig. Und noch nie hatte Nele so dreieckige Augen gesehen. Dreieckige Augen mit einer kleinen Spitze im Oberlid, von der aus zwei Fältchen rechts und links zu den Augenwinkeln hinunterliefen. Das sah streng aus, aber Frau Heufelds blaue Augen guckten freundlich. Auf ihren Wangen lag ein rosa Schimmer. Sie hatte eine große rote Schürze umgebunden. »Setzt euch, es gibt Essen«, sagte sie und fing an am Herd zu hantieren. Inzwischen war auch Jan da. Er hatte Neles Reisetasche nach oben getragen. Als er jetzt neben seiner Mutter stand und sie umarmte, wunderte sich Nele, dass diese kleine zarte Frau die Mutter von dem langen dürren Jan sein sollte. Sie wuschen sich die Hände am Spülbecken. Dann saßen sie am Küchentisch, und Frau Heufeld füllte ihnen die Teller mit Bratkartoffeln, die in der Pfanne auf dem Herd vor sich hingebrutzelt hatten. Es waren Speckstückchen darin, die schon ganz schwarz waren.

»Wie früher«, sagte Jan und schaufelte über den Teller gebeugt die Kartoffeln in sich rein. Nele spießte sie einzeln mit der Gabel auf und probierte erst mal. Bratkartoffeln mit Speck aß sie so gut wie nie. Zu Hause wurde mit Olivenöl gebraten.

Mama stand auf die gesunde italienische Küche. Die Kartoffeln schmeckten mit Speck aber besser als mit Öl, und so fing auch Nele an, ordentlich zu spachteln.

Nach dem Essen räumte Frau Heufeld ab, stellte das Geschirr in die Spüle und ließ Wasser in die fettige Pfanne laufen.

»Das hat Zeit bis morgen«, sagte sie und setzte sich wieder an den Tisch. Auch das war anders als zu Hause, wo nach jeder Mahlzeit sofort gespült wurde. Mama hasste schmutziges Geschirr im Ausguss. Allerdings war es Nele sehr recht, dass heute Abend nicht mehr abgewaschen wurde. Sie hätte keine Lust mehr gehabt, jetzt noch beim Abtrocknen zu helfen.

»Nun erzähl mal, Jan, wie geht es Petra.« Während Jan von Mama anfing, warf Frau Heufeld immer wieder einen blinzelnden Blick zu Nele hinüber. Und jedes Mal musste Nele zurücklächeln, so freundlich waren ihre Augen.

Als sie dann müde war, brachte Jan sie hinauf in das Zimmer, das Frau Heufeld für sie hergerichtet hatte.

»Mein altes Zimmer«, sagte er. »Hoffentlich schläfst du in dem Bett so gut wie ich früher immer.«

Er gab ihr einen Kuss und versprach, er werde noch mal nach ihr schauen, ehe er fahre. Nele hörte ihn später unten mit seiner Mutter schwätzen, aber ob er noch kam, merkte sie nicht mehr. Da war sie schon eingeschlafen.

2.

Der Schlammäugige

Nele stand mitten in der Küche und drückte die Fäuste in die Taschen ihrer Shorts. Sie hatte ein warmes, kariertes Flanellhemd über ihr T-Shirt gezogen, denn es war kalt im Haus, obwohl draußen die Sonne schien. Ein leicht modriger Geruch hing in der Luft. Sie ließ das rechte Schultergelenk kreisen. Ihr Nacken war steif nach der Nacht in dem breiten, braunen Klotzbett. Die Matratze bestand aus drei knubbeligen Teilen, zum Zudecken hatte sie eine schwere Patchworkdecke aus Stoffresten, unter der sie sich kaum umdrehen konnte.

Auf dem Küchentisch standen ein blaues Schälchen und eine Packung Cornflakes. Ein Löffel lag daneben. Frau Heufeld hatte das Frühstück für sie vorbereitet. Sie hatte das Haus um halb neun verlassen, um zu der alten Dame zu fahren, die sie betreute. Jan hatte Nele davon erzählt.

»Aber nur stundenweise«, hatte er ihr versichert. »Nachmittags bist du nicht mehr allein. Und morgens kannst du lange schlafen. Es sind ja Ferien. Wenn du wach wirst, ist Oma schon fast wieder da.«

Nele hatte gehört, wie der Wagen draußen ansprang und langsam aus der Garage fuhr. Die Reifen knirschten auf dem Kies wie gestern, als sie in dem Volvo darüber gerollt waren. Dann erstarb das Geräusch, als das Auto auf die Landstraße abbog.

Nele öffnete den Kühlschrank. Er war leer bis auf ein paar Eier, eine Tüte Milch, ein Stück Käse in Folie und ein paar

Schnitten Graubrot. Sie nahm die Milchtüte heraus. Auf der Anrichte stand außer einer Kaffeemaschine mit braunem, eingebranntem Kaffeesatz auf dem Boden eine Schale mit ein paar Weintrauben und Äpfelchen, die sie sich auf ihre Flakes schnippeln konnte.

Beim Einschütten fielen ihr ein paar braune Flocken auf Tisch und Boden. Sie bückte sich und fingerte die Flocken einzeln von dem grün gesprenkelten Plastikfußboden auf. Der Boden vor der Anrichte war kniestig von alten Krümeln und Fett, deshalb steckte Nele die eingesammelten Flakes lieber nicht in den Mund, sondern warf sie in den Abfalleimer unter der Spüle. In der Tür klemmte ein schlaffes Geschirrtuch. Der Abfallsack war fast voll. Ein Geruch von fauligem Obst quoll ihr entgegen. Im Ausguss standen die schmutzigen Teller, die Gläser und die fettige Pfanne von gestern. In den braunen Sud aus Bratensaft und Wasser plinkerten Tropfen aus dem undichten Wasserhahn.

Nele setzte sich auf einen der drei weiß lackierten Holzstühle. Kein Stuhl war wie der andere, das fiel ihr erst jetzt auf. Während sie die im Handumdrehen aufgeweichten Flocken schlürfte, musterte sie die Küche. Außer dem Tisch mit der Resopalplatte, den Stühlen und der Küchenzeile mit Herd und Spüle gab es nichts an Möbeln oder Dekorationen. Anders als bei ihr zu Hause, wo es orangefarbene Kacheln über der Spüle gab, eine gemütliche gepolsterte Eckbank und an der Wand darüber vier alte gerahmte Stickbilder, die Mama von ihrer Großmutter geerbt hatte. Mama liebte alte Sachen. Hier hing nur eine weiße, runde Uhr mit grünen Ziffern, deren großer Zeiger mit einem Knacken von Minute zu Minute vorrückte, an der Wand. Es war kurz nach halb zehn. Frau Heufeld würde sicher so gegen eins zurückkommen.

Die Jalousien des Fensters über der Spüle waren heruntergelassen, ebenso die Jalousie an dem vergitterten Fensterchen in der Tür, die in den Hof hinausführte. Deswegen war es schummrig in der Küche. Die Wände waren im Dämmerlicht von einem blassen Grün, ein Grün wie die Wände in den Fluren von Mamas Krankenhaus. Nele wäre jetzt lieber in dem Flur zu Mamas Zimmer gewesen anstatt in dieser kalten Küche von Frau Heufeld. In ihrem Bauch zog sich etwas zusammen. Es kam nicht von der kalten Milch, sondern vom Heimweh. Sie schob die halb volle Schüssel mit den Cornflakes weg, stand auf und zog die Jalousien hoch. Sie holte die Tüte mit den Abfällen aus dem Unterschrank. Ein Schwarm kleiner Fruchtfliegen, der aus der Tüte stieg, begleitete sie auf dem Weg zu der Gittertür. Sie musste drei wackelige Holzstufen hinunter, aber sie hatte Recht gehabt mit ihrer Vermutung, dass die Mülltonne dort ihren Platz hatte. Es gab neben der Tonne mit schwarzem Deckel eine andere mit einem braunen. Auf der stand »Biomüll«, und da die Abfälle in ihrer Tüte aus Obst- und Gemüseresten sowie Kartoffelschalen bestanden, entsorgte sie sie da hinein. In Duisburg gab es keine Tonnen für Biomüll.

Neben den Mülltonnen begann ein verwildertes Gärtchen mit wuchernden roten Blumen, die sie nicht kannte. Die Ligusterhecke, die sich an eine Wiese mit Obstbäumen anschloss, war mannshoch und bestimmt seit Ewigkeiten nicht mehr geschnitten worden. An das Haus grenzte ein Holzschuppen mit Gartengeräten an. Nele schlenderte den schmalen Pfad zwischen dem Gärtchen und einer Rasenfläche zur Einfahrt hinauf. An der Garage stand das Tor offen.

Die Zufahrt zur Straße lag gleich neben der zum Nachbarhaus. Wie das von Frau Heufeld war es aus braunen Backsteinen gebaut. Aus dem Kamin stieg Qualm in die Sommerluft. Sonst war nichts Bewegliches zu erspähen. Keine Menschenseele. Auch hier dehnte sich ein freier Kiesplatz vor dem Haus aus, dann schlossen sich Maisfelder an, die so hoch waren, dass man nicht sehen konnte, wie die Gegend dahinter aussah.

Auch auf der anderen Seite der Landstraße, wo Nele jetzt stand, gab es nur hohen Mais. Nele überfiel plötzlich ein Gefühl von Eingesperrtsein, wie in einem von allen Seiten vorrückenden Dschungel. Ein paar Krähen hatten sich über dem Feld gesammelt. Die Sonne brannte. Im Mais knisterte es. Nele fixierte die Stelle, von der das Knistern kam. Die hohen Pflanzen, deren Blätter wie geknickte Lanzen aussahen, bewegten sich nicht. Auf der Straße näherte sich ein Brausen. Ein silberfarbener Mercedes schoss um die Kurve. In seinem Seitenspiegel blitzte die Sonne auf. Dann war er vorüber. Erschrocken war Nele einen Schritt zurückgetreten. Jetzt war wieder alles still, aber dann hörte sie das leise Summen im Feld. Sie stand und lauschte. Das Summen wurde immer lauter. Sie hoffte, dass es nur Insekten waren, deren Gesumme ihr in der Stille in den Ohren dröhnte.

Plötzlich kamen Stimmen aus der Richtung des Nachbarhauses. Sie warf einen Blick in die Zufahrt, sah aber nichts. Die Stimmen kamen wohl von hinter dem Haus. Es waren Jungenstimmen.

»Scheiße!«, schrie eine. Das »ei« klang sehr hell und schlug dann in einen kehligen Laut um.

Es war jetzt kurz vor zehn an ihrem ersten Ferientag hier, und sie war ganz allein. Der Tag war sonnig. Ein toller Tag für Ferien am Meer. Voriges Jahr um diese Zeit hatte sie schon am Strand gelegen und sich die Sonne auf den Pelz brennen lassen. Oder sie hatte mit den anderen ihren Kescher durch das seichte Wasser geschoben, um Krabben zu fischen. Bei Frau Heufeld würden ihre Ferientage nicht so lustig werden, wenn sie sich nicht selbst darum kümmerte.

Sie gab sich einen Ruck und schlich den Kiesweg hinauf, immer nah am Rand des Feldes, um nicht gesehen zu werden.

Es gelang ihr, unentdeckt bis ans Haus zu kommen. Vorsichtig spähte sie um die Ecke.

Auf einer Terrasse waren drei Jungen. Nele schätzte sie etwas älter als sich selbst, so um die vierzehn. Sie friemelten an Angelruten rum.

Nele spürte, wie sich Schweißtröpfchen unter den hellen, widerspenstigen Löckchen sammelten, die ihr immer in die Stirn fielen. Im Nacken kitzelte der Pferdeschwanz.

Einer der drei trippelte ungeduldig hin und her. »Komm schon, mach zu!«, sagte er ärgerlich zu dem, der am Boden saß und sich über seine Rute beugte. Seine Leine war anscheinend hoffnungslos verwirrt. Jetzt blickte er auf. Seine Stirn war gerunzelt und sein Gesicht ebenso rot wie sein Haar. »Scheiße!«, brauste er auf. Im selben Moment sah er sie, und was er sonst wohl noch brüllen wollte, blieb ihm im Hals stecken. Er starrte sie mit offenem Mund an, als sei sie eine Erscheinung. Da guckten auch die anderen rüber, und ihr fiel nichts anderes ein, als so was Blödes wie »Was macht ihr denn da?« zu sagen. Das hätte auch von einer Dreijährigen kommen können.

Sie schob die Hände in die Taschen ihrer Shorts, löste sich von der Hausecke und ging auf die Terrasse zu. Davor blieb sie dann stehen, stand einfach da und musste sich begaffen lassen.

Sie sah, dass der Ärger aus dem Gesicht des rothaarigen »Scheiße«-Sagers gewichen war und Verwirrung Platz gemacht hatte. Nach einer Weile, in der er sie nur angestarrt hatte, sagte er: »Angeln gehen.«

Das deutete Nele als Einladung zu bleiben. Jedenfalls war sie nicht mit einer doofen Bemerkung abgebürstet worden. Sie ertrug das Starren von drei Augenpaaren und lächelte. Ein Lächeln, das nicht nachgab. Damit ermunterte sie die Jungs dazu, ihr eine Frage zu stellen. Es war klar, welche.

»Wo kommst du denn her?«

Sie nickte leicht mit dem Kopf in Richtung Nachbarhaus. »Von nebenan.«

Es folgte ein schnelles Hin und Her von Fragen und Antworten, bis alles geklärt war: Sie war zu Besuch, hieß Nele und kam aus Duisburg. Bei der Altersangabe log sie etwas. Vor den Jungs machte es sich besser, dreizehn zu sagen statt zwölf. Außerdem wurde sie im November ja wirklich schon dreizehn!

Sie lächelte wieder und krampfte ihre Hände in den Hosentaschen zusammen. Das hier war kein Heimspiel. Zu Hause kannte sie viele Jungs, aber es waren die Kumpels aus ihrer Klasse.

Sie gab sich einen Ruck. »Darf ich mitkommen?«

Der dicke, dunkelhaarige Trippler sah sie stumm an. Der dritte Junge, der bisher gar nicht gesprochen hatte und nur in dem Metallkasten mit Angelzeug kramte, sagte: »Ich weiß nicht. Du hast keine Angel.«

Er hatte feine Gesichtszüge unter einem dichten blonden Schopf, blaue Augen, schöne Farbe. Die Haare waren seitlich gescheitelt. Während er sie ansah, hielt er den Kopf schief. Seine Arme und Hände waren lang und schmal. Wenn er sie bewegte, sah es aus, als hätten sie Scharniere in den Gelenken.

Der mit den roten Haaren stand jetzt breitbeinig da und schob sich die Locken aus der Stirn. Er war sehr groß und kräftig. Vielleicht war er schon sechzehn. Jetzt lachte er schrill. Seine Zähne waren auffällig klein und standen auseinander – Kleinkinderzähne. Er hieb mit den Fäusten dreimal schnell in die Luft. Da war Nele sicher, dass er doch noch nicht sechzehn war. Sechzehnjährige waren cooler.

»Willst du den großen Jungs die Angel halten?«, fragte er und zwinkerte dem Dicken zu. Nele fiel auf, dass keiner von den dreien bisher gesagt hatte, wie er hieß. Nur sie hatte sich vorgestellt.

»Ja, das wird ja aufregend«, lachte der Dicke.

Nele zuckte ungerührt die Achseln. Sie hatte den ersten Schritt getan. Sie konnte nur hoffen, dass es jetzt gut weiterlaufen würde.

»Meinetwegen«, sagte der, der sich über den Metallkasten beugte. Der Rothaarige starrte ihn verblüfft an und sagte dann laut: »Mein Gott! Hätte ich mir ja denken können …«

»Was denn?«, fragte der andere. »Die sieht doch ganz okay aus.«

Der Luftboxer musterte sie. »Na gut«, sagte er nach einer Weile. »Ich bin Robber.« Dabei haute er noch einmal mit seinen Fäusten die Luft weich. Er warf Nele einen strengen Blick zu. »Aber nerv nicht!«

Sein Wort schien den Ausschlag zu geben. Der Dunkelhaarige klappte den Kasten zu und spulte seine Leine auf.

»Ich bin Matze«, sagte er. »Gehn wir!«

Neles einzige Sorge war jetzt, ob sie wieder zu Hause sein würde, wenn Frau Heufeld von der Arbeit kam. Sie wollte nicht gleich am ersten Tag unpünktlich sein. Sie müsste ihr eigentlich wenigstens einen Zettel mit einer Nachricht hinterlassen. Aber sie wagte nicht, vor den Jungs davon anzufangen. Sie nahm sich vor, auf den Weg zu achten, damit sie allein zurückgehen konnte, wenn es spät werden sollte.

Die Jungs schienen es eilig zu haben. Nele kam kaum mit. Vielleicht lag es aber auch daran, dass sie größer waren und längere Beine hatten. Nele schnappte aus ihrer Unterhaltung auf, dass der dritte Junge Hans hieß. Das fand sie lustig. So altmodisch. Ihr Opa hatte Hans geheißen. Der war tot, genauso wie ihr Vater, an den sie sich nicht mehr erinnern konnte.

Die Jungs unterhielten sich nicht mit ihr. Sie bemühte sich, Schritt zu halten, wenigstens den Abstand zu ihnen nicht größer als etwa fünf Schritt werden zu lassen. Als es fast zehn waren, hatte sie das Gefühl, dass die sie abhängen wollten. Keiner drehte sich nach ihr um. Aber sie war hart im Nehmen. Sie würde sich nicht austricksen lassen. Wieder kitzelte der Schweiß auf ihrer Stirn. Immer wieder strich sie sich mit der flachen Hand das feuchte Haar zurück. In den Maisfeldern hörte sie die trockenen Pflanzen rascheln. Es war, als liefe das Rascheln in einiger Entfernung neben ihr her.

Nach einem zehnminütigen Fußmarsch über den Kleinen Hardtweg, dann links ab in den Vierbaumer Weg, dann rechts ab in einen Fußpfad – alles leicht zu merken – stießen sie auf höher gelegenes Gelände. Ein Drahtverhau lief darum herum. Während die Jungs die Ruten und ihr Gepäck ablegten, holte Nele sie ein. Sie standen vor einem Loch im Zaun, wo der Maschendraht heruntergetreten war. Die Jungs kletterten hinüber, reichten sich die Sachen und warteten tatsächlich, bis Nele den Wall erstiegen hatte. Hans drückte ihr sogar den Draht runter, damit sie besser rüberkonnte. Dahinter ging es ziemlich steil abwärts, und unten glänzte ein See, der sich weit dehnte.

Wahnsinn, dachte Nele und bekam plötzlich Urlaubsgefühle, da hat Jan ja nicht zu viel versprochen. Sie konnte den See nicht ganz überblicken. Immer wieder zogen sich Halbinseln hinein, hinter denen es weiterging. Die Uferböschungen waren mit brusthohem Gestrüpp bewachsen, mit Brombeerranken und anderem stachligen Zeugs.

Von dem Loch aus, durch das sie gekommen waren, führte ein schmaler Trampelpfad ziemlich geradlinig bergab. Nele geriet mit ihren Sandalen auf dem kieselsteinigen Hang ins Schlittern. Die Jungs trugen feste, knöchelhohe Stiefel und sprangen über die Stellen, die rutschig waren.

Unten am Wasser war es schön kühl. Der Boden hatte sich verändert. Es gab einen schmalen Streifen mit feinem hellen Sand wie am Meeresstrand, der sich zwischen Neles Zehen warm anfühlte.

»Pass auf«, sagte Hans, »Scherben!« Er zeigte auf eine grüne Spitze, die aus dem Sand ragte und in der Sonne blitzte.

Robber zog eine schwere Holzkiste aus dem Gebüsch und schleifte sie zum Wasser. Sie machten ihre Angeln fertig, und Nele kam näher, um alles mitzukriegen.

»Ich geh auf Blinker«, sagte Robber, »und einen Boilie und einen Pop-up an jeden Haken.«

»Hast du angefüttert?«

»Gestern Abend. Mais.«

»Was fangt ihr denn?«, fragte Nele.

»Dicke, fette Karpfen.«

Matze setzte auf Maden, die er aus einem Marmeladenglas fischte. Er warf als Erster die Schnur aus. Sie flog in einem schönen flachen Bogen, und die beschwerte Spitze versank weit draußen im glitzernden Wasser. Dann setzte er die Angel in einen Ständer, den er fest in den feuchten, harten Ufersand gerammt hatte, und hockte sich daneben. Robber machte es genauso und setzte sich auf seine Kiste. Hans steckte etwas an die Haken, das wie Erdnussflips aussah, und warf seine Rute nicht so weit. Er blieb stehen und sah sich nach Nele um.

»Fische fressen an der Oberfläche«, erklärte er.

»Ja, Rotaugen in Portionsgröße«, lästerte Robber. »Und weil die keiner essen will, entsorgt er sie hinterher in die Mülltonne. Bioabfall.«

»Ich hab gute Erfahrungen mit Erdnussflips gemacht«, sagte Hans zu Nele, ohne Robber zu beachten. »Per Zufall. Einmal hatte ich eine Tüte mit und hab aus Versehen ein paar ins Wasser fallen lassen. Gleich wimmelte es von Fischen, und sie haben alle Flips aufgeschnappt.«

»Ja, Rotaugen«, lachte Robber wieder, aber nur leise, als hebe er sich großes Lachen für spaßigere Gelegenheiten auf.

Sie hockten da und warteten. Das Sonnenlicht auf dem Wasser blendete. Die Jungs hatten die Augen zu schmalen Schlitzen zusammengekniffen. Matze sah aus wie ein Zocker, der sein Blatt prüft. Die Angeln standen ganz ruhig. Nele hatte sich ein Stückchen zurückgezogen und in den warmen Sand gesetzt. Nach einer Weile fing sie an, mit einem Stock Striche in den Sand zu ziehen, die sofort wieder von den Seiten her zurieselten. Ihr war heiß und langweilig. Nichts tat sich. Robber holte seine Angel ein und wechselte den Köder. Nach fünf Minuten machte Matze es ihm nach. Er stellte fest, dass eine Made weg war, ohne dass er einen Biss bemerkt hatte. Hans guckte skeptisch auf seine aufgeweichten Erdnussflips.

Nele wollte ja keine Besserwisserin sein. Aber sie hatte mal gehört, dass Fische in der Nacht oder am frühen Morgen am besten beißen. Jetzt hatten sie brennende Mittagssonne.

»Fängst du morgens einen Barsch, ist der ganze Tag im Arsch«, sagte Robber, als wolle er ihren geheimen Gedanken widersprechen.

»Letzte Woche hatte ich ein paar gute Bissen auf Tauwurm. Ich hab die Fische nur leider nicht landen können.«

Matze sprach wohl sie an. Die anderen kannten diese Geschichte doch sicher schon.

Plötzlich pfiff es. Der Bissanzeiger an Robbers Angel!

Er drehte langsam und gleichmäßig die Schnur ein. Das Wasser kräuselte sich an der Oberfläche. Etwas schwamm auf ihn zu. Unerwartet war Schluss. Robber ließ locker, zog wieder an. Konnte ein bisschen mehr Schnur einholen. So ging es weiter. Minutenlang vorsichtiges Ziehen und Lockerlassen im Wechsel. »Drillen« hieß das, wie Nele erfuhr. Die letzten Meter näherte sich etwas Grünschwarzes an der Wasseroberfläche. Es war ein Klumpen Wasserpflanzen mit einem Stück Holz drin.

»Fetter Karpfen!« Nele grinste.

»Kannst es sicher besser«, konterte Robber und hielt ihr drei Maden dicht unter die Nase. »Willst du mal?«

Zum Glück ekelte sie sich nicht. Sie mochte Regenwürmer. Maden waren nur ein kleines bisschen dünner.

»Nächstes Mal«, sagte sie und schaute auf die Uhr. »Ich muss nach Hause. Frau Heufeld macht sich Sorgen, wenn ich nicht um eins zurück bin. Aber morgen bin ich wieder dabei. Um die gleiche Zeit?«

Keiner der Jungs antwortete. Robber sah zuerst Nele, dann Matze und dann wieder Nele an und verzog sein Gesicht zu einer Grimasse. Er musterte Nele mit zusammengekniffenen Augen, als gehöre sie einer fremden Gattung von Lebewesen an.

»Wenn das Wetter danach ist …«, sagte Hans langsam und starrte weiter aufs Wasser. Matze schwieg. Unter seinen glatten schwarzen Haaren blickte er mit schmalen Augen und starrer Miene wie ein Eskimo auf den See. Allerdings hatte er Pickel im Gesicht. Hatten Eskimos Pickel?

Nele stand unschlüssig auf.

»Schon okay«, sagte Hans. »Wir kommen dann bei dir vorbei.«

Nele wollte lieber schnell weg, ehe vielleicht einem von ihnen etwas anderes einfiel. Sie schnappte sich ihre Sandalen, kraxelte den Hang hinauf und gab Acht, nicht auszurutschen und zu fallen. Bestimmt guckten sie ihr nach.

Auf dem Rückweg begegnete ihr niemand. Bei den Maisfeldern hatte Nele wieder das Summen und auf einmal auch wieder das Rascheln in den Ohren.

Plötzlich tanzte in einiger Entfernung eine blaue Kappe über dem Grün. Dann war sie wieder weg. Das Rascheln verstummte. Nele blieb stehen und behielt den Staudenstreifen am Straßenrand im Auge. Auf einmal fiel ihr ein Gesicht zwischen den Pflanzen auf. Wenn die Kappe darüber nicht blau gewesen wäre, hätte sie es in dem ganzen Grün wohl gar nicht entdeckt. Jetzt bewegten sich die Augen. Schlammfarbene Iris inmitten von gelblichem Weiß.

Der Mann befand sich etwas über einen Meter von ihr entfernt. Als er merkte, dass sie ihn entdeckt hatte, richtete er sich auf und sprang auf die Straße.

Seine weiten Jeans hingen fransig über ausgetretenen Latschen. Er war gar nicht so alt, wie sie zuerst gedacht hatte. Vielleicht Mitte zwanzig. Mit übertriebener Langsamkeit begann er, an jedem einzelnen seiner langen Finger zu ziehen, dass die Gelenke knackten. Seine Handflächen waren heller als die übrige gelblich-braune Haut. Jetzt zog er einen Kaugummi aus der Hosentasche. Er lächelte merkwürdig, zog die dicken Lippen auseinander und stopfte sich den Kaugummi zwischen die starken weißen Zähne. Seine Kappe saß ihm verkehrt herum auf dem Kopf. Etwas funkelte in seinem Halsausschnitt. Als er die Kappe höher in die Stirn schob, fiel das Hemd darüber.

»Hey«, sagte er mit einer seltsam samtigen Stimme und hob die Hand dabei.

Nele erwiderte sein Lächeln nicht und gab keine Antwort. Sie nahm allen Mut zusammen, machte einen Schritt zur Seite, noch einen, versuchte vorsichtig einen Bogen um ihn zu machen. Sie ließ ihn nicht aus den Augen dabei. Ihr Herz pochte.

Da machte er einen schnellen Schritt auf sie zu, schnippte ihr das Einwickelpapier vor die Füße.

»Gehst du spazieren?«, fragte er und grinste noch breiter. »Ich geh auch spazieren.« Mit einer Kopfbewegung wies er auf das Feld zurück, aus dem er aufgetaucht war.

Nele bemühte sich um eine ausdruckslose Miene. Er hatte sie die ganze Zeit beobachtet. Sie hatte das Gefühl, er wollte, dass sie das wusste. Warum?

Plötzlich fing sie an zu rennen, rannte, was sie konnte, ihr Herz schlug bis zum Hals vor Angst. Würde er hinter ihr hersetzen? Mit seinen langen Beinen würde er sie locker einholen!

Da war endlich die Zufahrt zu den Häusern!

Sie nahm die Kurve. Zu Hause! Auf den Stufen der Treppe

kam Nele zum Stehen. Mit der Hand auf dem Türknauf drehte sie sich um. Er war ihr nicht gefolgt!

Die Tür gab nach, war zum Glück nicht verschlossen. Frau Heufeld war zu Hause! Nele hörte sie in der Küche mit den Tellern klappern. Sie summte. Jetzt kam sie in den Flur und sagte: »Da bist du ja endlich. Hast du ein bisschen die Gegend ausgekundschaftet?« Keine Vorhaltungen, dass Nele zu spät kam, keine Fragen. Als sie Neles verschwitztes Gesicht sah, fügte sie nur harmlos hinzu: »Ja, es ist wieder heiß heute. So einen Sommer haben wir schon ewig nicht mehr gehabt. Nun setz dich an den Tisch. Essen ist gleich fertig. Und dann erzähl mir ein bisschen.«

Frau Heufeld trug ein graues Sommerkleid mit rosa Blumen, eine Perlenkette und über allem ihre rote Küchenschürze. Sie wirkte nicht erhitzt, sondern kühl mit ihren matten Wangen unter dem blonden Haar. Nur ihre Finger glänzten, als sie mit der Pfanne an den Tisch kam und Schnitzel auf die Teller gab. Nele atmete noch heftig und wischte ihre schmutzigen Hände an dem karierten Hemd ab. Mama hätte nicht vergessen sie aufzufordern, sich vorm Essen die Hände zu waschen.

Nele hatte plötzlich großen Hunger. Das Schnitzel und vor allem die Pommes, die Frau Heufeld aus der Stadt mitgebracht und im Backofen aufgewärmt hatte, schmeckten toll!

»Eistee?«, fragte Frau Heufeld, und als Nele nickte, schob sie ihr das Glas mit dem Teepulver über den Tisch. Ein Löffel steckte darin. Sie holte sich Wasser aus dem Leitungshahn und schaufelte zwei Löffel Pulver in ihr Glas. Nele machte es ihr nach. Der Eistee schmeckte kühl und lecker süß. Ein bisschen mehr nach Chemie als Mamas Eistee, den sie immer mit frisch gepresstem Orangensaft auffüllte. Wegen der Vitamine. Nele fand Frau Heufelds Tee okay. Ihrer Gesundheit würde er sicher nicht schaden. Viel mehr Sorgen machte ihr das Erlebnis mit dem Fremden. Aber sie hatte beschlossen, nichts davon zu erzählen. Frau Heufeld würde ihr womöglich das Rumlaufen draußen verbieten. Schließlich hatte sie gestern Jan versprochen: »Ich pass schon auf sie auf. Ihr braucht euch keine Sorgen zu machen.«

»Schmeckt köstlich«, sagte Nele und stellte ihr leeres Glas auf den Tisch. Das Wort »köstlich« benutzte sie sonst nicht, aber sie wollte Frau Heufeld etwas besonders Nettes sagen. »Auch das Schnitzel ist lecker!«

»Vom Imbiss«, sagte Frau Heufeld ehrlich. »Aber morgen koche ich was Vernünftiges. Nudelauflauf mit Käse überbacken.«

Sie sah Nele fragend über ihre Gabel hinweg an. Nele nickte. Ja. Nudelauflauf mochte sie.

»Den kann ich auch machen«, sagte sie. Frau Heufeld sollte ihr nur zeigen, wo die Auflaufform stand. Frau Heufeld guckte erst ein bisschen zweifelnd, überwand sich aber und sagte: »Na gut. Dann mache ich den Salat. Und übrigens, sag ruhig Oma zu mir und du. Schließlich ist Jan so etwas wie dein Vater, und ich habe mir immer schon eine Enkeltochter gewünscht!«

Nele war überrascht. Das freute sie! Frau Heufeld war super in Ordnung. Sie war fürsorglich und dabei doch völlig lässig. Eine gute Mischung. Der Dreck auf dem Boden machte gar nichts, und auch nicht fettiges Geschirr im Spülbecken. Da passte so viel rein!

Und dass Jan sozusagen ihr Vater sei, stimmte auch. Ob Oma Heufeld wohl auch glaubte, dass Jan der richtige Mann für Mama sei? Danach konnte sie nicht fragen. Dazu kannten sie sich noch zu wenig.

»Gut«, sagte Nele. »Oma!«

Dann wollte Oma wissen, was sie den Morgen über gemacht hatte. Nele erzählte von den Jungs nebenan und vom Angeln am See.

»Hans Schönwald und seine Freunde?«, fragte Oma.

Nele nickte.

»Mit denen kannst du dich anfreunden. Leider hat Hans keine Schwester. Ich meine, so als Mädchen hättest du ja wahrscheinlich lieber eine Freundin, oder? Schade, dass wir hier so abgelegen wohnen. Kein Mädchen weit und breit ...«

»Macht nichts«, lachte Nele und ihre Stimme wieherte kurz unkontrolliert, »zu Hause hab ich eine Freundin, aber ich bin auch viel mit Jungs unterwegs.«

»Ach so«, erwiderte Oma. »Und? Habt ihr was gefangen?«

»Nö. Solange ich dabei war, nicht. Nur so einen Klumpen Algen hat Robber aus dem Wasser gezogen.«

»Anglerpech. Und? Willst du es auch versuchen?«

»Wenn die Jungs mich an ihre Angeln lassen ...«

»Frag Johannes. Der wird dich schon lassen. Der ist gutmütig.«

Johannes, dachte Nele, der Name ist ja wohl noch komischer als Hans. Hoffentlich ist Hans netter als sein Name.

Nachmittags musste sie mit Oma das Fallobst unter den Bäumen im Obstbongert auflesen, kleine, schrumpelige, wurmstichige Äpfel. Sie wunderte sich, dass Oma sie nicht einfach in die Biotonne warf. Nein, sie wurden alle geschält, entkernt und gekocht. Nele versuchte, möglichst lange Schalenringel beim Schälen hinzukriegen. Allerdings waren ihre Schalen so dick, dass nicht mehr viel von den Äpfeln übrig blieb.

Das Apfelkompott schmeckte gut zum Abendessen, denn es gab Reibekuchen. Von den Jungs hatte sie den ganzen Nachmittag über nichts gesehen und gehört.

3.

Verregneter Morgen

Das Erwachen am nächsten Morgen war ein Sprung aus einem Traum.

Nele war am Krankenbett ihrer Mutter, aber es stand nicht im Krankenhaus, sondern im Schlafzimmer ihrer Wohnung in Meiderich. Mama sah gequält aus. Sie konnte vor Schmerzen nicht sprechen und gab nur Zeichen, die Nele nicht verstehen konnte. Immer riet sie falsch. Nein, sie wollte nicht trinken, nein, sie wollte nicht das Kopfkissen zurechtgeschüttelt haben, auch nicht die Haare gekämmt und auch nicht das Fenster geöffnet. Immer ungeduldiger wurde sie, bekam einen roten Kopf vor Anstrengung und Ärger, und auch Nele war schon ganz heiß vor Stress, ihr nicht helfen zu können.

Dann entdeckte sie ganz hinten im Raum Jan, der schon lange dazustehen und ihr zuzusehen schien. Er hatte auf einmal die erlösende Deutung parat: »Sie will ein Schmerzmittel.« Und das war der Beweis dafür, dass Nele ihre Mutter nicht verstand und auch nicht für sie sorgen konnte.

Nele lag still und horchte. Der Wind drückte gegen die Fenster. Sie drehte den Kopf. Die Uhr auf dem Nachttisch zeigte halb sieben. Viel zu früh. Es war schon hell, und es regnete. Unten hörte sie Geräusche von Oma Heufeld. Sie zog die gesteppte Decke über den Kopf. Sie roch noch immer muffig, aber etwas weniger als am ersten Abend. In der Wärme hing schon etwas von Neles eigenem Geruch. Seit Jan aus dem Haus war, hatte die Decke auf diesem Bett gelegen, hatte Oma erzählt. Genauso, wie alle Möbel immer schon in diesem Zimmer gestanden hatten, unverrückt. Zu Hause hatte Nele helle Möbel von Ikea, Stofftiere auf dem Bett und Bettwäsche mit Rosen …

Als Nele wieder wach wurde, war es halb zehn. Sie stand auf, duschte und ging hinunter in die Küche. Die Regentropfen zogen dünne Striche über die Scheiben, und die Fenster waren von innen beschlagen. Auf dem Tisch lag ein Zettel. Darauf stand: »Seife, Gehacktes, Käse, Milch«.

Oma Heufeld hatte ihren Einkaufszettel liegen lassen. Schade, dass sie nun nicht mal eben mit dem Fahrrad einkaufen fahren konnte wie zu Hause. Kein Geschäft weit und breit. Nicht einmal ein Fahrrad hatte sie. Andererseits: Wo sollte sie auch hin? Bisher kannte sie nur den Weg zum See. Und die Maisfelder. Ihr fiel der unheimliche Kerl von gestern wieder ein. Da blieb sie doch besser zu Hause, anstatt ihm womöglich noch einmal zu begegnen!

Die Küchenuhr klopfte in Minutenabständen. Neles Hals tat weh. Sie hatte sich erkältet. Sie suchte Salz im Schrank. Das war ein gutes Gurgelmittel, wenn man nichts Besseres hatte. Sie schüttete einen Teelöffel Salz ins Glas und füllte es mit warmem Wasser. Beim Gurgeln verschluckte sie sich prompt an der ekligen Brühe und goss den Rest in den Ausguss.

Das Telefon klingelte. Nele zögerte einen Moment, aber es konnte Mama sein. Als sie den Hörer abhob und sich meldete, war niemand dran.

»Hallo?«, fragte Nele und nach einer Weile noch einmal: »Hallo?«

Ein Geräusch im Hintergrund, ein Klimpern. Es hörte sich an, als schlage ein Löffel gegen eine Kaffeetasse. Ob es Probleme mit der Verbindung aus dem Krankenhaus gab? Konnte Nele ihre Mutter hören, die aber nicht sie? Nele hängte ein und rannte nach oben, um den Zettel mit der Telefonnummer ihrer Mutter aus der Reisetasche zu holen.

»Hallo!«, sagte sie, als sich Mamas Stimme meldete. »Hast du eben angerufen?«

»Nein«, sagte ihre Mutter. »Eben war der Arzt da. Er ist gerade gegangen.«

»Was hat er denn gesagt? Wie geht es dir denn?«

»Besser«, sagte Mama. »Nur bewegen kann ich mich noch nicht gut. Dann tun mir alle Rippen weh. Die Lunge hat ziemlich was abgekriegt. Eine gebrochene Rippe hat sie angepiekst. Aber das heilt wieder. Wie geht es dir denn?«

»Gut«, sagte Nele, denn sie wollte Mama nicht mit Halsschmerzen und Langeweile kommen. »Es regnet.«

»Wird wieder besser werden«, tröstete ihre Mutter. »Wir brauchen ja auch mal Regen. Hast du jemand zum Spielen kennen gelernt?«

Nele erzählte von den Jungs, dem Angelausflug und dass die drei nett seien.

»Ich brauche aber mein Fahrrad«, sagte sie, »sonst bin ich hier total aufgeschmissen.«

Mama versprach, Jan daran zu erinnern, es ihr am Wochenende mitzubringen. Ja, auf jeden Fall würde er am Wochenende kommen! »Brauchst du sonst noch was?«

»Gummistiefel«, sagte Nele mit dem Blick in den Hof hinaus, wo dicke Tropfen in die Pfützen klatschten und Blasen warfen.

»Hast du Bücher mitgenommen?«

»Ja«, sagte Nele, »aber ich hab keine Lust zu lesen ... Könnte ich nicht doch besser bei dir sein?« Jetzt hatte sie doch wieder davon angefangen!

»Schatz, es ist besser so«, sagte Mama. »Ist Frau Heufeld denn nicht nett zu dir?«

»Doch ...«, antwortete Nele. »Ich soll sogar Oma zu ihr sagen.«

»Wie schön!«, sagte Mama. »Dann mag sie dich also!« Weil

Nele schwieg, fügte sie nach einer Weile zärtlich hinzu: »Schatz, wir müssen jetzt beide tapfer sein. Du weißt, wie lieb ich dich habe! Bald sind wir wieder zusammen.«

Nele sprangen die Tränen in die Augen. Sie schluckte und schwieg.

»Du darfst so viel fernsehen, wie du magst. Es sind ja Ferien«, versuchte Mama es mit neuem Trost. Aber jetzt klang ihre Stimme selber so, als ob sie Trost brauchte.

»Wird schon gehen«, sagte Nele tapfer. »Mach dir keinen Kopf um mich. Rufst du mich morgen an? Ich hab jetzt einfach telefoniert, ohne Oma Heufeld zu fragen.«

»Klar«, versprach Mama, und ihre Stimme hörte sich fester an. »Aber bitte geh nicht ans Telefon, wenn du allein bist. Es kann ja auch nur für Frau Heufeld sein. Vielleicht hat sich deswegen vorhin keiner gemeldet, weil er dich nicht kannte. Wir beide verabreden besser eine Zeit. Ich rufe abends an, wenn Jan da war. Dann kann ich dir auch von ihm erzählen.«

»Okay«, sagte Nele und war getröstet.

Fernsehen wollte sie jetzt aber nicht. Sie blickte aus dem Fenster in den verregneten Garten. Die roten Blüten waren zerzaust, und die Blätter hingen schlaff von den Stängeln. An der Garage tropfte es aus der Regenrinne …

Nele setzte sich an den Küchentisch, stützte den Kopf in die Hand und drehte mit dem Zeigefinger an ihrem Pferdeschwanz. Sie überlegte, ob sie den Schuppen mit den Gartengeräten inspizieren sollte. Da klingelte es. Erst dachte sie, es sei wieder das Telefon, aber es war die Haustür. Sie trat nah ans Fenster. Wenn sie sich vorbeugte, konnte sie vielleicht sehen, wer vor der Tür stand.

Der Besucher musste ganz dicht davor sein, sie sah nichts. Plötzlich tauchte Hans' Gesicht auf. Er plierte um die Ecke zu ihr herüber. Ihr Herz machte einen komischen kleinen Freudensprung.

Sie winkte hastig, damit er sah, dass sie ihn bemerkt hatte, und ging schnell die Tür öffnen.

»Hey«, sagte sie lässig.

Hans war total durchnässt. Seine Haare klebten in Strähnen am Kopf und waren dunkel vor Feuchtigkeit. Der Regen rann ihm in den Nacken. Er sah ganz anders aus als gestern.

»Darf ich reinkommen?«, fragte er, während er von einem Bein aufs andere trat und seine Scharnierarme in den Schultern drehte. »Nass hier draußen.«

Nele trat zur Seite. Er schob sich an ihr vorbei, blieb höflich stehen und wartete, wohin sie ihn führen würde.

»Komm«, sagte sie und zeigte auf die Küchentür. Seine Schuhe hinterließen nasse Tapsen auf dem schwarzweißen Fliesenboden des Flurs. »Kommst du wegen dem Angeln?«

»Gibt nichts mit angeln heute Nachmittag bei dem Wetter.«

Nele hatte mal gehört, dass Fische nicht nur frühmorgens, sondern auch bei Regen gut beißen. Aber es stimmte schon, das wäre sicher ziemlich ungemütlich. Außerdem tat ihr immer noch der Hals weh.

»Wollt dir nur Bescheid sagen.« Hans wischte sich umständlich die Hände an der nassen Jeans ab. »Tut mir Leid.«

»Was tut dir Leid?«

»Wenn du gedacht hättest, es gibt was. Es war doch deine Idee, dass wir uns heute wieder treffen.«

»Ach das«, sagte Nele. »Nee, kann man echt vergessen bei dem Wetter.« Aber enttäuscht war sie doch.

Der Regen draußen war noch stärker geworden, ein Auto kroch auf der Straße vorbei. Man hörte das Zischen der Reifen auf dem nassen Asphalt. Nele hielt die Arme zwischen Brust und Bauch verschränkt und lehnte mit dem Rücken an der Spüle. Hans saß auf einem der Küchenstühle und hatte die Hände auf die Knie gestemmt.

»Ich hab gehört, dass du eigentlich Johannes heißt«, sagte sie, um das Gespräch auf ein anderes Thema zu bringen.

»Hm«, sagte Hans. »Blöder Name.«

»Und Hans?«

»Auch blöd. Mein Opa hieß Johannes. Mein Vater heißt auch so. Ich bin also der Dritte, und weil es einfacher ist, hat man immer alle, die Johannes heißen, kurz Hans genannt. Hannes wäre mir lieber.«

Nele nickte. »Soll ich Hannes zu dir sagen?«

»Nee, lass mal.«

»Warum?«

»Wegen der anderen. Die nennen mich ja auch Hans.«

»Was machen die Jungs denn heute?«

Hans hob die Schultern. »Weiß nicht. Sie wollten auf die Pipe, skaten, aber bei dem Wetter! ... Kannst du skaten?«

»Ja«, sagte Nele. »Bei uns gibt es allerdings keine Pipe. Aber wir haben eine gute Strecke zum Runterheizen, Caro und ich. Caro ist meine Freundin. Wir haben gut darauf üben können. Erst mal braucht man ja Kontrolle über den Körper und das richtige Gefühl für das Board. Zu Anfang sind wir nur so steifbeinig geschlichen, aber jetzt klappt auch schon ein Flip.«

»Ich kenn kein Mädchen, das auf eine Pipe geht. Höchstens mal auf 'ne flache Rampe.«

»Och! Würd ich schon probieren wollen.«

»Warum genau bist du eigentlich hier?«, fragte Hans plötzlich.

»Weil meine Mutter im Krankenhaus ist. Sie hatte einen Unfall. Sie und mein Vater wollten nicht, dass ich in den Ferien allein zu Haus bin.« Sie tat so, als sei Jan ihr Vater, der Einfachheit halber.

Hans sah sie forschend an. »Schlimmer Unfall?«

»Ja«, sagte Nele. »Rippe in die Lunge gespießt. Sie kann kaum atmen.«

Hans zog Luft durch die Zähne und kniff die Augen zusammen, als beiße er in eine Zitrone. »Hört sich ja gruselig an.«

»Ist es auch. Aber eben hab ich mit ihr gesprochen, und sie hat gesagt, es ginge ihr schon besser.«

»Kriegt sie Sauerstoff?«

»Nee, warum?«

»Wer keine Luft kriegt, hat eine Sauerstoffmaske auf der Nase. Sieht man doch im Fernsehen.«

»Nee«, sagte Nele. »Sie hat keine Sauerstoffmaske.« Um von dem Thema wegzukommen, fragte sie schnell: »Und du? Hast du Geschwister?« Eigentlich wusste sie ja schon, dass er zumindest keine Schwester hatte.

»Ich bin allein mit meinem Vater. Dem geht es auch nicht so gut. Er ist nicht körperlich krank, aber so mental, verstehst du?«

Nele nickte und versuchte, sich was mental Krankes vorzustellen.

»Zum Beispiel spricht er nicht.«

»Wie, er spricht nicht?«

»Na, er spricht schon. Was man so unbedingt sagen muss. Aber nicht richtig. Nicht mit mir. Ich interessier ihn nicht.«

»Und was ist mit deiner Mutter?«

»Die ist weg. Sie hat einen Freund. Seitdem ist mein Vater so. Er denkt nur noch an seine Arbeit.«

»Was macht er denn?«

»Polizist.«

»Mein Vater ist Architekt.«

»Baut Häuser?«

»Nee, Brücken und Straßen.«

»Interessanter Job«, sagte Hans.

Sie schwiegen.

»Und deine Mutter fehlt dir?«

»Ja, schon. Ist schon komisch, dass sie einen anderen hat ...«

»Und wie ist der Neue?«

»Von meiner Mutter? Weiß nicht. Gibt sich Mühe.«

»Jan ist lustig«, sagte Nele. »Jan ist seit einem Jahr der Freund von meiner Mutter, also ist er eigentlich gar nicht mein Vater. Bis dahin waren wir auch allein. Aber ich hab keinen Vater vermisst. Ich kannte ihn gar nicht. Frau Heufeld ist die Mutter von Jan. Deshalb bin ich hier. Jan ist in Ordnung.«

»Kompliziert!«, sagte Hans.

Sie lachten beide.

»Du kannst ja jetzt mit mir sprechen, wenn dein Vater nicht spricht«, sagte Nele. »Wenn mich das Schicksal schon hierher geführt hat.«

»Du glaubst also an Schicksal? Alles, was du erlebst, ist Schicksal?«, fragte Hans.

»Na ja ...«, sagte Nele zögernd.

»Oder glaubst du, dass irgendjemand das vorherbestimmt hat und dass alle Dinge so passieren, wie er es will?«

Nele fühlte sich plötzlich unbehaglich. »Wen meinst du denn damit?«

»Na, Gott, zum Beispiel«, sagte Hans.

Nele zögerte wieder. Sie dachte selten über Gott nach. Dann sagte sie: »Irgendwie ist es schon schön sich vorzustellen, dass er mich hierher geführt hat. Sonst hätte ich dich ja zum Beispiel nicht kennen gelernt.« Sie lächelte Hans an.

Der ging nicht darauf ein. »Davon hat aber deine Mutter wenig! Im Gegenteil! Wäre ja schrecklich, wenn er deine Mutter verunglücken lässt, nur damit *du* eine Gelegenheit bekommst, hierher zu kommen!«, sagte er. Nele war überrascht über seinen groben Ton. Dann schien er sich wieder im Griff zu haben. »Aber okay. Lassen wir das jetzt mal. Ich finde es jedenfalls auch prima, dass du hier bist. Freut mich, deine Bekanntschaft gemacht zu haben!« Er verbeugte sich übertrieben, seine Augen funkelten spitzbübisch. »Komm doch mal rüber, wenn dir langweilig ist.«

»Mir ist langweilig.«

»Okay. Dann komm nachher. Ich hab auch Computerspiele.«

»Super. Wann? Nach dem Mittagessen? Ich möchte noch auf Frau Heufeld warten.«

»In Ordnung«, sagte Hans und klatschte sich mit beiden Händen auf die Knie. »Und worüber wir gesprochen haben, das bleibt unter uns, ja?«

»Mit wem sollte ich denn wohl über so was reden!«, rief Nele.

Als Hans schon fast aus der Tür war, fiel ihr noch was ein.

»Hast du vielleicht heute Morgen versucht, mich anzurufen?«

»Nö, ich hab ja Beine für die Strecke von mir bis zu dir.«

Nele lachte. Der Regen hatte nachgelassen. Durch die Wolken schimmerte die Sonne. Ein leuchtender Dunstschleier lag über den Dingen, und die Garagenwand strahlte wie frisch gewaschen.

Als sie die Tür geschlossen hatte, warf sie den Kopf zurück und schüttelte sich, dass ihr die Pferdeschwanzfransen um die Ohren flogen.

4.

Das Halskettchen

Nele hatte auf ihrem Bett gelegen und versucht, in »Harry Potter und der Feuerkelch« zu lesen. Aber über ein paar Seiten war sie nicht hinausgekommen. Sie dachte an Hans. Als sie unten die Tür gehen hörte, legte sie das Buch auf den Nachttisch und sprang die Treppe hinunter. In der Küche packte Frau Heufeld ihre Einkäufe auf den Tisch. Auch ohne Zettel hatte sie nichts vergessen.

»Und ich hab schon gedacht, du hättest angerufen! Um mich zu fragen, was auf dem Einkaufszettel stand!«

Oma guckte verständnislos.

»Vorhin hat jemand angerufen. Ich weiß nicht, wer es war. Ich hab was gehört, aber keine Stimme. Erst hab ich gedacht, es wär vielleicht Mama, die den Hörer nicht an den Mund kriegte. Ich hab sie schnell zurückgerufen. Sie ist es nicht gewesen.«

Oma sah sie scharf an. »Keiner, der mich kennt, ruft morgens an. Alle wissen, dass ich arbeite. Und wenn es deine Mutter nicht war … Ich möchte nicht, dass du Anrufe in meiner Abwesenheit annimmst.«

»Okay«, sagte Nele. »Ich fühl mich jetzt ganz komisch, weil es kein Bekannter gewesen ist. Hans hab ich auch schon gefragt. Und die anderen Jungs sind es bestimmt nicht gewesen. Ich kenn sie ja kaum.«

»Also, du weißt Bescheid. Und jetzt wollen wir anfangen zu kochen. Schmeiß schon mal den Herd an und nimm den großen Topf da aus dem Schrank. Dalli, dalli, Nelly!«

»Nele«, sagte Nele.«

»Nelly hieß meine Schwester«, sagte Oma Heufeld, während sie Öl und Essig für den Salat aus dem Schrank nahm. »Entschuldige. Aber du erinnerst mich an sie. Sie hatte auch blonde Haare und so lange dünne Beine wie du.«

Oma Heufeld räumte die Pfannen aus dem Backofen, tunkte die Finger in die Margarinedose und fettete die Auflaufform.

»Nimm kaltes Wasser für die Nudeln.«

Das hätte Nele gewusst. Sie nahm den großen Topf und füllte ihn mit Wasser, dann raspelte sie den Käse. Oma Heufeld briet das Gehackte an. In der Küche begann es gut zu riechen.

Der Auflauf hatte dann eine knackig gebräunte Käsekruste. Alles schmeckte etwas anders als zu Hause, aber gut.

Nele sagte, dass sie nach dem Essen zu Hans gehen würde, Computer spielen.

»Bei dem schönen Wetter?«, fragte Frau Heuberg und sah aus dem Fenster. »Na gut. Macht, was ihr wollt.«

Oma wollte allein spülen, also konnte Nele nach dem Essen gleich los. Draußen lag nach dem Regen alles in frischem Licht, der Staub war abgewaschen, die Farben hell und glänzend. Es roch gut nach feuchter Erde.

Sie schellte an der Haustür. Innen polterte es auf der Treppe. Hans öffnete, sein Haar war verwuschelt. »Komm rein«, sagte er.

Das Licht von draußen fiel in einen dunklen Korridor, in dessen Mitte, genau da, wo das Licht nicht mehr hinkam, ein Schatten stand. Jetzt bewegte er sich. Es war ein schwerer, breitschultriger Mann, der neben einer Kommode stand und gerade den Hörer aufs Telefon legte. Hans' Vater. Er hatte graue, kurz geschnittene Haare und einen großen Schädel. Er kam ihr nicht entgegen. Gerade, als Hans sagte: »Das ist Nele«, fragte er: »Wo hast du die Teekanne gelassen?« Seine Stimme klang gereizt.

»Ich hab sie sauber gemacht und in den Schrank gestellt.«

»Warum? Ich brauche sie doch dauernd!«

Hans zog die Mundwinkel herunter und drehte sich um. Er winkte Nele mit nach oben.

In seinem Zimmer gab es nichts Besonderes. Ein Bett, ein Schrank, ein großer Schreibtisch unter dem Fenster mit einem Computer drauf. Drum herum stapelten sich CDs. Auf einem Regal an der Wand stand eine Anlage mit Boxen. Ein stinknormales Jungenzimmer. Aber etwas Besonderes entdeckte Nele dann doch. Unter der Dachschräge neben dem Fenster war eine niedrige Tür, die offen stand. Neugierig warf Nele einen Blick hinein. Drinnen war es dunkel. Man konnte nicht weit sehen.

»Eine Rumpelkammer?«

»So was Ähnliches. Das ist ein Gang, der an der ganzen Hausseite entlangläuft. Alles, was man nicht mehr braucht, wird da reingestellt, Möbel, Lampen, ein Schrank mit alten Klamotten, zusammengerollte Teppiche … Früher haben wir da drin Verstecken gespielt. Wenn du Lust hast, können wir ja irgendwann mal reingehen. Aber ich warne dich, alles ist voller Spinnweben und man kann kein Licht anmachen.

»Huh!«, sagte Nele und schüttelte sich. Spinnweben in den Haaren fand sie gruselig. Es war wirklich das Einzige, vor dem sie sich ekelte.

Nahe der Tür stand ein abgewetzter schwarzer Lederkoffer mit altmodischen Metallbeschlägen an den Ecken. Er war mit einem alten Lederriemen um die Mitte zusammengeschnallt. Hans stieß ihn mit dem Fuß beiseite.

»Da sind Sachen von meiner Mutter drin, die sie nicht mitgenommen hat. Mein Vater wollte sie wegschmeißen.«

»Was denn für Sachen?«

»Was ihn in der Wohnung an sie erinnert hat. Was so rumstand ... womit sie die Wände dekoriert hatte ... Stickbilder ... Fotos ... Seidenblumen ... du weißt schon.«

Nele konnte sich das vorstellen. Bei ihr zu Hause wurden je nach Jahreszeit nach Mamas Geschmack die Fensterscheiben mit Osterhasen beklebt oder mit Lichterketten dekoriert.

»Und du hast alles in dem alten Koffer aufgehoben?«

Hans nickte. Nele fragte nicht weiter. Ob er manchmal den Koffer öffnete und die Sachen von seiner Mutter anschaute?

Sie wandte sich zum Fenster, um einen Blick hinauszuwerfen. Unten im Garten band Hans' Vater die Sträucher hoch. Einmal warf er einen Blick zum Fenster hinauf, ein scharfer Blick unter buschigen schwarzen Augenbrauen. Jetzt hob er die Hand und winkte. Er hatte sie hinter der Scheibe entdeckt.

»Was für ein Polizist ist er denn?«, fragte Nele.

»Kommissar, Kripo. Heute Nachmittag ist er zufällig zu Hause. Ich wusste nichts davon.«

Nele sah von oben, dass der Garten sehr weitläufig war, mit Hecken, einer Laube, einem Schuppen, Beeten und einem Komposthaufen. Das alles hatte sie gestern gar nicht bemerkt. Da war sie zu sehr mit den Jungs auf der Terrasse beschäftigt gewesen. Ein schöner Garten. Hans' Vater kam mit einer Leiter auf das Haus zu, stellte sie an die Wand und winkte wieder.

»Wir sollen rauskommen. Sollen wir?«, fragte Hans. Nele zuckte die Achseln. Hans musste entscheiden, ob man seinem Vater gehorchen musste.

»Komm lieber«, sagte Hans, und sie polterten die Treppe hinunter.

»Achtung!«, rief Hans' Vater, als sie durch die Terrassentür kamen, und richtete einen spritzenden Wasserschlauch auf die beiden. Im Nu waren sie nass und die Terrasse und die Fensterscheiben auch. Hans schützte seinen Kopf mit den Armen.

Er kriegte am meisten ab. Sein Vater drehte den Schlauch zu und lachte. Nele lachte auch ein bisschen.

»War nur Spaß«, rief Herr Schönwald und warf den Schlauch in einem Bogen über den Rasen, wo er wie eine Schlange liegen blieb. »Stubenhocken gilt nicht bei schönem Wetter!«

Er nahm die Leiter wieder auf die Schulter und entfernte sich in schweren Gartenschuhen in den hinteren Teil des Gartens.

»Tut mir Leid«, sagte Hans. »Manchmal hat mein Vater eine etwas seltsame Vorstellung von Spaß. Aber es ist gut, dass du gelacht hast. Das mag er. Er mag Menschen, die fröhlich sind und was einstecken können.«

Nele verdrehte die Augen und wrang an ihrem nassen T-Shirt. Sie war nicht sonderlich gekränkt, obwohl Hans' Vater ein bisschen verrückt zu sein schien.

»Auf jeden Fall hat er gesprochen«, sagte sie und blinzelte Hans grinsend zu.

Der hockte sich auf die Kante der Terrasse, die Füße auf dem ausgefransten Rasenrand. Er zog die nassen Schuhe aus und schrubbte mit den nackten Zehen über den Lehmboden zwischen den spärlichen Halmen. Er legte die Arme um die Knie und wippte hin und her. Die Anwesenheit seines Vaters schien ihn zu stören. Nele setzte sich neben ihn, sah ihn aufmunternd an und stupste ihn in die Rippen. Plötzlich sprang Hans auf.

»Mensch, ich hab die Klospülung vergessen«, sagte er hastig und rannte ins Haus. Nele hörte es zweimal kräftig rauschen. Dann kam er wieder und warf sich vor ihr ins Gras.

»Ich hatte seine selbst gekochte Linsensuppe ins Klo geschüttet. Ich mag seinen Eintopf nicht. Die Pampe stand noch im Trichter.«

»Ich mag lieber dünne Tütensuppen mit Nudeln«, sagte Nele.

»Ich auch.«

»Ich ess sie am liebsten roh. Nur das Pulver. Das ist so lecker würzig.«

»Und die kleinen Nudeln knacken so schön zwischen den Zähnen.«

»Genau!«, sagte Nele. »Wenn ich mittags allein bin, gönn ich mir manchmal solche Spezialitäten. Wir haben ja wohl beide den gleichen abartigen Geschmack!«

Hans lachte, zog das Hemd aus, warf es in Richtung Terrassentür und legte sich flach auf den Bauch. Als er die Arme unter dem Gesicht kreuzte, traten auf seinem schmalen Rücken seine Schulterblätter heraus. Süße zarte Härchen spreizten sich weiter oben in den Nackenhaaren in einem Wirbel. Wie bei einem Meerschweinchen. Sie würde die Härchen gern mal streicheln, aber sie traute sich natürlich nicht. Da drehte Hans sich plötzlich um. Nele fuhr zusammen.

»Was hast du denn da?«, fragte sie schnell und griff nach dem Anhänger, den Hans an einer Kette um den Hals trug.

»Lass!«, sagte Hans und drehte sich wieder auf den Bauch. Nele hatte nur einen Anhänger blitzen gesehen, einen silbernen.

»Okay, okay!«, sagte sie. »Aber warum hängst du dir dann eine Kette um den Hals, wenn keiner sie sehen darf? Ist das was Persönliches?«

»Das verstehst du eh nicht.«

»Also, was Tütensuppen angeht, haben wir ja den gleichen Geschmack. Aber was Schmuck angeht … Ich würde meine Sachen zeigen.«

Hans zuckte nur einmal mit den Achseln, sodass die Schulterblätter hüpften wie zwei magere Hähnchenschenkel. Er gab keine Antwort.

»Sind Robber und Matze jetzt wohl auf der Pipe?«, fragte sie. Es war besser, sie sprachen von was anderem.

»Weiß nicht. Wahrscheinlich«, brummte Hans und drehte

ihr das Gesicht zu. Der Anhänger lag in der Kuhle unter seinem Hals versteckt. Er hielt die Augen geschlossen. Seine Lider fingen an zu zittern, vielleicht weil er spürte, dass sie ihn anguckte.

»Ich hol uns was zu trinken«, sagte er, stand auf und ging ins Haus.

Nele fiel plötzlich der fiese Kerl mit den Schlammaugen ein. Sie wollte Hans gleich mal nach ihm fragen, vielleicht kannte er ihn. Aber dann kam Hans' Vater zur Veranda, ehe Hans mit der Limo zurück war.

»So allein, mein Fräulein?«, fragte er und setzte die Gießkanne ab. Er schob die Hände in die ausgebeulten Hosentaschen und brachte sie als Fäuste wieder zum Vorschein. Er bewegte sie rasch kreuzweise vor seinem Bauch hin und her. »Welche Hand wollen Sie? Sie haben die Wahl! Rechts oder links.«

»Rechts«, sagte Nele aufs Geratewohl und wappnete sich innerlich. Vielleicht hatte er einen Regenwurm in der Hand? Wäre ihm zuzutrauen.

»Glück gehabt, mein Fräulein.«

Auf seiner rechten Handfläche lag ein winziger gelber Apfel, den er ihr hinhielt.

»Danke«, sagte Nele und biss hinein. Er war süß.

»Dies wäre die schlechtere Wahl gewesen«, sagte der Vater und hielt ihr auch die Linke vor die Nase. Darin lag ein ebenso gelber und kleiner Apfel, aber er hatte weiße, pilzige Flecken. In hohem Bogen schmiss er ihn über die Schulter in die Büsche.

»Lecker«, sagte Nele.

»Ja, besser als aus dem Supermarkt!« Mit der rechten Hand strich er sich flach über die Bartstoppeln. »Du warst angeln mit den Jungs?«

Nele nickte.

»Und nichts gefangen?«, lachte er.

Nele zuckte gleichgültig mit den Schultern.

»Komm doch mal mit, wenn wir einen richtigen Angelausflug mit dem Boot machen«, sagte Herr Schönwald. »Nachts beißen die Fische besser.«

Auf einmal war er Nele sympathisch. »Das wär toll«, sagte sie.

Hans kam immer noch nicht. Hatte er Probleme mit der Limonade, oder wollte er warten, bis sein Vater weg war? Oder war er eingeschnappt, weil sie die Bemerkungen über die Kette gemacht hatte?

»Ich geh jetzt mal besser«, sagte Nele und stand auf. »Meine Oma wartet nämlich.«

»Bestell ihr einen schönen Gruß.«

»Mach ich«, sagte Nele und schlenderte davon. Sie hatte das Gefühl, dass Hans' Vater ihr hinterherguckte.

Oma Heufeld stand auf einer Leiter, die an der Garagenwand lehnte. Sie versuchte, die kaputte Dachrinne anzuheben.

»Halt mal die Leiter fest«, sagte sie. »Sie wackelt.«

Nele packte zu und lehnte sich mit ihrem ganzen Gewicht dagegen. Die Leiter zitterte trotzdem. Oma Heufeld schlug mit einem Hammer von unten gegen das Zinkblech, aber die durchhängende Rinne hob sich nicht, sie bekam nur eine Blötsche.

Oma Heufeld sprach mit sich. Es hörte sich wie unterdrücktes Fluchen an.

»Achtung!«, rief sie plötzlich laut, und da plumpste auch schon der Hammer einen Meter von Nele entfernt auf den Schotterweg und schlug ein Loch hinein.

»Hat keinen Zweck!«, seufzte Oma und kletterte vorsichtig herunter. »Das muss Jan machen. Komm, wir gehen lieber nach Moers, Eis essen.«

Nele rutschte neben sie in den alten blauen Golf. Sie fuhren eine Weile. An einer Ampel mussten sie auf Grün warten. Auf der gegenüberliegenden Seite standen die Glashäuser einer Gärtnerei. Dazwischen leuchtete plötzlich ein roter Schopf in den schräg fallenden Strahlen der Sonne auf.

Nele hatte Robber erkannt. »Ist da die Pipe?«, fragte sie aufgeregt.

»Ja. Das ist die Gärtnerei von Matzes Vater.« Oma klappte die Sichtblende herunter, weil die Sonne sie blendete.

In Moers parkten sie auf einem riesigen Parkplatz, von dem aus sie noch ein gutes Stück zu Fuß in die Stadt hatten, wie sich herausstellte. Oma Heufeld erklärte, dies sei der einzige Platz in Moers, wo man keine Gebühren zahlen müsse. Entsprechend voll war es.

Sie mussten einen kleinen Wall hinauf und über eine Brücke mit einem breiten Graben darunter. Auf dem schwarzen Wasser standen bräunliche Schlieren. Ein paar Enten schnabbelten die aufgeweichten Brotstücke, die ein paar kleine Kinder ins Wasser warfen. An einer Ampel überquerten sie eine Straße, gingen über einen Marktplatz voller Autos und bogen in eine Geschäftsstraße ein. Rechts und links standen schöne alte Häuser, ganz anders als in Duisburg. Die Eisdiele Adria lag am Ende der Straße. Gegenüber befand sich ein Busbahnhof neben einem hässlichen mehrstöckigen Gebäude, auf dessen Dach in großen Buchstaben »Königlicher Hof« zu lesen war. Draußen waren alle Tische besetzt, aber Oma fragte ein altes Ehepaar, ob sie sich noch zu ihnen setzen dürften. Die beiden hatten nichts dagegen und nickten freundlich.

»Was möchtest du?« Oma und Nele studierten die Karte.

Acht verschiedene Eisbecher gab es. Alles sah verlockend aus.

»Magst du vielleicht einen Schokoladenbecher?«, fragte Oma, als die Bedienung schon am Tisch stand und auf die Bestellung wartete. Nele hetzte mit den Augen die Karte rauf und runter.

»Gut, Schokoladenbecher«, entschloss sie sich wegen der Bedienung.

»Und für mich einen Cappuccino«, sagte Oma.

Die Bestellung kam schnell. Der Schokoladenbecher sah super aus.

»Schmeckt's?«, fragte Oma, als Nele eine Weile gelöffelt hatte. Cappuccinomilchschaum klebte in den Härchen auf ihrer Oberlippe.

»Ja, prima«, sagte Nele und balancierte eine Mokkabohne in den Mund. »Was bedeutet denn ›Königlicher Hof‹ auf diesem alten Kasten?«

»Das war mal ein Hotel«, sagte Oma.

Plötzlich jagte Nele ein stechender Schmerz durch den Kopf. Der Zahn, der schon zu Hause rumort hatte! Das kalte Eis! Sie zuckte zusammen und fasste sich an die Backe.

Im selben Moment sah sie Hans. Er stand in einer Gruppe von Jugendlichen auf der anderen Straßenseite vor dem »Königlichen Hof«. Neben ihm stand ein Mädchen. Jetzt lehnte sie sich zu Hans hinüber, brachte ihr Gesicht ganz nah an seins und flüsterte ihm etwas ins Ohr. Hans lachte. Das Mädchen war hübsch. Ein ganz anderer Typ als Nele. Sie hatte ein schmales Gesicht mit großen dunklen Augen. Selbst von ihrem Platz aus konnte Nele sehen, dass ihre Augen dick mit schwarzem Kajal umrandet waren. Nele schminkte sich nie.

Jetzt packte ihr ein anderer Junge von hinten in die langen dunklen Haare und zog sie zurück. Sie gab mit dem Kopf nach, blieb aber stehen. Da griff Hans dem anderen abwehrend in den Arm. Der Junge ließ los, das Mädchen taumelte kurz und brachte sich hinter Hans in Deckung. Sie streckte dem anderen die Zunge raus. Alle lachten. Die meisten trugen schwarze T-Shirts und Hosen, manche eine Lederjacke, auch das Mädchen. Einige hatten schwarz gefärbte Haare und viel silbernes Zeugs um den Hals und an den Fingern. Das Mädchen legte den Arm um Hans' Hüfte. Sie mussten Freunde sein.

»Was hast du?«, fragte Oma. »Kennst du da jemanden?«

»Nein«, sagte Nele. Sie hatte Mühe, ihre Verwirrung zu verbergen. Zum Glück hatte Oma Hans nicht gesehen!

Zurück spazierten sie wieder die Steinstraße entlang. Oma wollte nichts einkaufen. Nicht einmal vor den Schaufenstern blieb sie stehen, wie Mama es immer tat. Nele war es recht, dass sie schnell nach Hause kamen. Eigentlich hatte sie mal nach einer weiten dünnen Hose mit vielen Taschen und Bändern gucken wollen. Aber die Enttäuschung darüber, dass Hans eine Freundin hatte, hatte ihr die Lust am Shoppen verdorben.

Auf dem Rückweg stand die Sonne schon tief und färbte den Himmel rötlich. Die Rheinberger Straße war noch immer voll von Autos. An der Autobahnauf- und -abfahrt nach Kamp-Lintfort fiel ihr ein Mann auf, der unmittelbar vor einem Lkw die Abfahrt überquerte. Der Mehrtonner musste scharf bremsen und kam wippend gerade vor ihm zum Stehen. Der Mann trug ein blaues Käppi und lachte. Hemd und Hose, die weißen Zähne: Es war der Typ aus dem Maisfeld, erkannte Nele überrascht. Als er den Bürgersteig erreichte, drehte er sich zu dem Lkw-Fahrer um und hob den Stinkefinger gegen die Kabine. Nele erkannte an dieser Geste, dass es auch derselbe Mann sein musste, der Jan auf der Herfahrt vors Auto gesprungen war. Er und der Mann aus dem Maisfeld waren ein und derselbe!

»Kennst du den vielleicht?«, fragte sie aufgeregt und zeigte an Omas Nase vorbei mit dem Finger auf den Kerl.

»Ja«, sagte Oma Heufeld. »Er ist nicht ganz richtig im

Kopf, aber harmlos. Jetzt ist er wieder nach Moers unterwegs. Immer läuft er mitten auf der Straße. Vielleicht ärgert er sich, dass er selbst kein Auto hat. Für einen Führerschein hat es bei ihm nicht gereicht. Er hat einen lustigen Spitznamen, Darling Joe heißt er.«

»Jan hat ihn bei der Herfahrt fast überfahren. Er ist ihm bei dem alten Schloss direkt vors Auto gesprungen. Und mich hat er gestern erschreckt, als er mir aus einem Maisfeld heraus plötzlich vor die Füße gesprungen ist. Ich hatte das Gefühl, als hätte er mich die ganze Zeit im Mais verfolgt. Das war gar nicht lustig!«

»Was in dessen Kopf vorgeht!«, sagte Oma ärgerlich. »Aber was Schlimmes habe ich noch nie über ihn gehört!«

Nele verkniff sich zu erzählen, dass er sie angelabert hatte. Wenn er irre war, hatte sie vielleicht was missverstanden. Trotzdem war er unheimlich gewesen!

5.

Im Maisfeld

Vor der Tür standen Robber und Matze und wollten Nele zum Schwimmen abholen.

»Ich hab keinen Badeanzug«, sagte sie und hielt die Haustür fest. »Ich hab vergessen, einen von zu Hause mitzunehmen.«

»Ach so«, sagte Matze und zeichnete mit der Fußspitze Kreise in den Kies »ja dann …«

»Macht doch nichts«, meinte Robber. »Du kannst dich ja in den Sand setzen … oder auch mit dem Kleid ins Wasser, wenn es dir zu heiß wird.« Er hob die Schultern. »Trocknet alles ja schnell wieder bei der Hitze!«

»Eben«, fiel Matze ein. »Gute Idee!«

Nele zögerte noch immer. »Und Hans? Geht er auch mit?«

»Ja, den holen wir jetzt ab.«

Nele blieb unschlüssig. Sie wusste nicht, wie sie mit Hans umgehen sollte. Irgendwie war die Herzlichkeit zwischen ihnen nicht mehr da. Ihre Bemerkung über die Kette schien ihn beleidigt zu haben. Und dann das Mädchen …

Andererseits ergab sich vielleicht die Gelegenheit, beim Schwimmen etwas über sie und seine Moerser Freunde zu erfahren.

»Gut«, entschloss sie sich. »Ich komm mit. Ich hol mir eben ein Handtuch.«

Hans zögerte ebenfalls, als die drei vor seiner Tür standen. Er sah auf die Uhr.

»Okay«, sagte er. »Bis fünf hab ich Zeit. Aber lasst uns an

den Lohheider gehen. Das ist nicht so weit, und man kann besser ins Wasser.« Er warf einen Blick auf Nele. »Das ist ungefährlicher für jemand, der Baggerseen nicht gewöhnt ist.«

Matze ging neben Nele, die das Handtuch gerollt unter dem Arm trug. Hans und Robber liefen ein ganzes Stück vor ihnen. Nele konnte nicht hören, worüber sie sprachen.

Der Weg kam ihr doch ziemlich weit vor. Es ging zuerst durch die Maisfelder, auf die die Sonne brannte, dann über den Reitweg auf einen Weg mit Bäumen an einer Seite, wo zum Glück ein bisschen Schatten war.

Unten lag ein schmaler Sandstrand. Nele fragte, ob er extra aufgeschüttet worden sei.

»Ja«, sagte Hans. »Aus der Kiesgrube ist ein Freizeitsee gemacht worden. Es gibt hier mehrere seichte Stellen.«

Viele Plätze in der Sonne waren schon belegt, Jugendliche auf ihren Handtüchern, Mütter mit kleinen Kindern. Ferienbetrieb. Sie setzten sich etwas abseits unter ein Gebüsch in den Schatten. Nele stützte sich mit den Armen ab und streckte die Beine im Sand aus. Sie waren braun, mit hellen Härchen und ein paar Schrammen und Narben. Die Jungs guckten darauf. Das Wasser blitzte. Insekten sammelten sich über ihren schwitzenden Körpern zu einer Wolke. Matze hatte den Ellbogen in den Sand gestützt und den Kopf angehoben. Er fing an, mit seinem Flip-Flop nach den Insekten zu schlagen.

»Ich dachte, ihr wolltet schwimmen«, sagte Nele und klappte die Knie zusammen und auseinander.

»Guck mal, Ameisen«, sagte Hans, wischte sich eine vom Arm und zerquetschte sie zwischen den Fingern. Er hatte sein Kettchen heute nicht an. Hatte er es abgemacht, weil sie die blöde Bemerkung gemacht hatte?

»Komm ins Wasser!« Robber war aufgestanden und stupste Hans mit dem Fuß an. »Dann bist du die Ameisen los.«

Hans sprang auf, und die beiden rannten zum See hinunter.

Robber war als Erster drin. Das Wasser spritzte. Sie schlugen mit den Händen darauf, um sich gegenseitig nass zu machen, schrien und lachten.

Nele gab sich einen Ruck. »Ich geh auch rein«, sagte sie entschlossen. »Hoffentlich glotzen nicht alle Leute wegen meinem Kleid.«

»Ist doch okay«, sagte Matze. »Tauch einfach schnell unter, dann sieht dich keiner. Ich komm gleich nach.«

Nele rannte ins Wasser und fing sofort an zu schwimmen. Schon nach zwei Stößen hatte sie keinen Boden mehr unter den Füßen. Es roch nach Fisch und irgendwie nach Metall. Ein paar Pflanzen wedelten ihr um die Beine. Die Vorstellung, es könnten ihr auch Fische über die Beine gleiten, war ihr unheimlich. Sie schwamm mit kräftigen Kraulstößen. Plötzlich war Robber neben ihr. Er tauchte aus dem Wasser auf, hob sie hoch und ließ sie wieder fallen. Ihr Rock blähte sich an der Oberfläche. Sie ging kurz unter, kam wieder hoch, prustete und bespritzte Robber lachend. Er tauchte wieder, packte sie am Knöchel und zog sie mit sich hinunter. Dort hielt er sie fest und presste seine Lippen auf ihren Mund. Sie stieß sich an seinen Schultern ab, stieg auf, rang nach Luft. Dann drehte sie sich ruckartig um, drückte Robbers Kopf unter Wasser, glitt über ihn hinweg, wendete und schwamm schnell aufs Ufer zu. Robber folgte ihr hastig, holte sie aber nicht ein. Triefend stand sie schon am Ufer und strich sich das Wasser aus dem Rock, als er herauswatete. Sie setzte sich keuchend neben Matze und zog die Beine an. Matze grinste.

»Du bist doch ein Arschloch!«, sagte sie, als Robber angetrabt kam. »Weißt du das?«

Er sah sie vergnügt an und ließ sich neben sie in den Sand fallen.

»Du hast gewonnen, Prinzessin«, lachte er. »Schwimmen kannst du, und angeln lernst du auch noch.«

Hans kam und setzte sich neben sie. »Was war denn?«, fragte er Robber. »Hast du sie gedöppt?«

»Ja«, sagte Nele böse. »Mein Kleid hätte mich fast runtergezogen!«

»Typisch Robber«, sagte Hans. »Kann die Finger nicht von kleinen Mädchen lassen!«

»Aber du!«, sagte Robber ärgerlich.« Pack dich mal an deine eigene Nase!«

»Frieden!«, mahnte Matze.

Robber kramte ein Päckchen Zigaretten aus seinen Shorts, riss das Zellophan auf und schüttelte sich eine Zigarette heraus. Dann streckte er das Päckchen jedem hin. Alle bedienten sich, auch Nele. Robber gab ihr Feuer und fixierte sie dabei. Die anderen inhalierten tief. Nele führte die Zigarette zwischen Zeige- und Mittelfinger der flachen Hand an die Lippen und spreizte verkrampft die übrigen Finger ab. Sie hatte noch nie geraucht. Der Rauch geriet ihr in die Kehle, und sie fing an zu husten. Die anderen hatten keine Probleme. Sie rauchten wie die Profis. Nach einer Weile begann der See sich vor Neles Augen zu drehen und der Sand und das Gebüsch. Hans starrte sie an. Sie suchte Halt in seinen Augen, da ließ das Kreiseln langsam nach.

Matze brach das Schweigen und sagte, dass nur Robber einen Vater habe, der rauche, also sei er es, der sie kostenlos mit Zigaretten versorgen könne.

Die Jungs zogen genüsslich an ihren Glimmstängeln. Nele tat ihr Bestes. Vier Aschekööpfchen glühten immer wieder auf und verlöschten. Nele wurde übel. Hans holte eine Rolle Pfefferminzdrops aus der Tasche und schärfte ihr ein, es sei wichtig, nach dem Rauchen den Atem zu tarnen, damit zu Hause keiner was merke. Nele dachte, vom Drops verschwinde die Übelkeit vielleicht und griff zu. Da wurde ihr aber erst recht schlecht. Sie stürzte zum Wasser und übergab sich.

»Beim ersten Mal wird den meisten schlecht«, sagte Matze, als sie zurückkam, und haute ihr auf die Schulter.

»Putz dir mal den Mund ab«, sagte Robber väterlich, »dann bist du wieder wie neu.«

Nele nahm das Tempotuch, das Hans ihr reichte. Sie hatte das Gefühl, sie habe eine Probe bestanden.

»Ich geh jetzt mal ins Wasser«, sagte Matze.

»Pass auf Neles Kotze auf!«, grinste Robber.

Dann waren die drei allein. Sie lagen auf dem Rücken und wärmten sich in der Sonne, die jetzt bis unter das Gebüsch kam. Nele war etwas schuddrig in ihrem nassen Kleid.

»Ich hab dich gestern in Moers gesehen«, begann sie.

»Wen?«, fragte Robber.

»Hans. Ich war mit meiner Oma Eis essen, und du standst mit deinen Kumpels an der Bushaltestelle gegenüber, Hans.« Sie guckte nicht zu ihm hin. Sprach so in die Luft.

»Jo«, sagte Hans. »Da war ich.«

»Was waren das denn für Typen?«, mischte Robber sich ein.

»So welche in schwarzen Klamotten. Ein Mädchen war auch dabei ...« Nele hielt die Augen geschlossen.

»Sind das immer noch deine Kumpels?« Robbers Stimme klang aggressiv. »Fährst du immer noch auf diese Tussi ab?«

»Lass mich in Ruhe!«, sagte Hans. Er hatte auch die Augen geschlossen. »Ich seh die schließlich jeden Tag in der Schule, da kann ich ja wohl schlecht einfach so an denen vorbeigehen, wenn ich sie in den Ferien treffe. Auch nicht, wenn Natascha dabei ist. Sie gehört dazu.«

»Wie die alle aussehen, diese Gruftis. Wie die vollen Horrorgestalten«, sagte Robber verächtlich. »Wahrscheinlich feiern sie jede Nacht schwarze Messen.«

Hans hielt immer noch die Augen geschlossen. Er lachte spöttisch. »Glaubst du, die hocken nachts auf Gräbern und zünden Kerzen an? So ein Quatsch. Die ziehen sich nur so an. Die hören coole Musik, ›Deine Lakaien‹ und so, das find ich gut.«

»Und du findest es wohl auch gut, sich mit Schmuck voll zu hängen. Wo ist denn deine Kette eigentlich?«, fragte Nele spitz.

»Siehst du sie?«, gab Hans zurück.

»Nein.«

»Na also. So wichtig ist die mir nicht.« Er richtete sich auf und lächelte zu ihr hinüber. Nele sah es aus den Augenwinkeln.

»Seit wann hast du denn eine Kette?«, fragte Robber. »Ach, ist mir doch eigentlich egal. Ich kapier bloß nicht, warum du dich nicht von dieser Truppe fernhältst, wenn du nichts von denen willst. Was hast du denn davon? Du hast doch Freunde. Matze und ich sind deine Freunde, hab ich immer gedacht. Es ist doch kein Grund, nicht mehr Freunde zu sein, bloß weil man nicht mehr auf dieselbe Penne geht.«

»Ihr seid gar nicht in derselben Schule?«

»Nö«, sagte Robber. »Matze und ich gehen nach Rheinberg. Als wir uns damals entscheiden mussten, meinten unsere Eltern, das Gymnasium da sei leichter. Hans ist nach Moers gegangen. Da hat er dann irgendwann auch diese Truppe um Natascha kennen gelernt.«

Nele hätte gerne mehr Einzelheiten über Hans und Natascha gehört, aber Hans hakte rasch ein: »Mein Vater wollte das so mit der Schule. Ich wär auch lieber nach Rheinberg gegangen. Und mit Natascha läuft gar nichts.«

»Dann wechsel doch die Schule, Alter!«, sagte Matze, der gerade aus dem Wasser kam und Hans mit seiner nassen kalten Hand auf den Rücken klatschte. Er hatte die letzten Sätze mitbekommen. Nele traute sich nicht, von sich aus noch einmal auf das Mädchen zurückzukommen. Sie hatte auch den Eindruck, dass Hans sein endgültig letztes Wort zu diesem Thema gesagt hatte. Was er aber über sich und die Schwarzgekleideten von sich gegeben hatte, hatte sie nicht so richtig überzeugen können.

*

Auf dem Heimweg hatten sie sich für den nächsten Tag zum Skaten verabredet. Nele hatte das Gespräch darauf gebracht und auch Robber und Matze gegenüber versichert, sie würde gern mal das Springen auf einer Pipe probieren. Die Jungs waren skeptisch gewesen. »Erst mal gucken, was du kannst«, hatte Hans gesagt.

Robber und Hans holten sie ab. Sie durfte sich aussuchen, bei wem sie hinten auf dem Gepäckträger sitzen wollte. Robber klingelte einladend mit der Schelle, aber Nele entschied sich für Hans. Sie legte die Arme um seinen Bauch, um sich festzuhalten. Als sie über einen Stein fuhren, flog sie gegen seinen Rücken, und da blieb sie dann einfach. Unterhalb seiner Schulterblätter fand ihr Kopf ein warmes Plätzchen. Sein Körper roch durch das Hemd würzig nach Haut, ein bisschen auch nach Schweiß, aber nicht unangenehm. Robber hinter ihnen klingelte wie verrückt und jagte an ihnen vorbei. Im Überholen warf er Nele einen giftigen Blick zu.

»Pass auf, dass du nicht einschläfst!«, schrie er.

Auf einer Weide neben den Gewächshäusern grasten ein Fjordpferd und ein paar Ziegen, die fresslustig angerannt kamen, als die drei sich dem Gatter näherten. Nele riss Grashalme ab und hielt sie ihnen hinein. Sie zerrten sie ihr aus der Hand und versuchten mit Kopfstößen, einander zu verdrängen. Nele achtete auf gerechte Verteilung.

Die Pipe war ein halbhohes braunes Gebilde, das Matzes Vater für die Jungs gezimmert hatte. Matze kam mit einem Board unter dem Arm aus einem der Treibhäuser.

»Hey, Leute«, rief er und zu Nele: »Das ist für dich. Es funktioniert noch einwandfrei, sieht nur ein bisschen ramponiert aus. Hat ein paar Blasen auf dem Belag. Der war nicht so toll.«

Nele fuhr prüfend mit dem Finger über die buckligen Stellen. Es war ein altes Zero-Board mit Zombie-Design. Die Unebenheiten des alten Gummibelags hatten das Gesicht verzerrt und in eine grinsende Grimasse verwandelt.

Nele musste lachen. »Ich hab zu Hause ein Baker-Board mit einem blauen Fisch drauf«, sagte sie. »Aber ich trau mich auch auf einen Zombie zu treten, besonders wenn er so süß grinst.«

Sie gingen gemeinsam hinüber zu einem Schuppen, um die Boards der Jungs zu holen. Alle hatten wilde Designs, auf Hans' Brett war ein giftgrünes Flugzeug, das steil in einen knallblauen Himmel startete. Wilde Feuerflammen spritzten aus den Düsen.

Die Pipe dagegen, zu der sie hinüberwanderten, hätte mal eine kreative Bemalung gebrauchen können.

»Kann keiner von euch mit einer Sprühdose umgehen?«, fragte Nele.

»Ich arbeite noch an einem Entwurf«, sagte Matze. »Mein Vater meint, wenn schon, dann muss es perfekt sein. Kein Geschmiere.«

»Wird es diese Ferien noch was mit deinem Entwurf? Du laberst schon ewig drüber«, frotzelte Robber. »Ich warte voller Tatendurst. Du auch, Kumpel?« Er versetzte Hans mit dem Ellbogen einen aufmunternden Puff in die Rippen.

»Ja ... wenn's sein muss ...!« Hans rollte sein Board mit dem rechten Fuß hin und her.

»Kommt, lasst uns starten! Nele, du probierst das Board besser noch ein bisschen in der Auffahrt aus. Die bietet eine gute Strecke für Flatland«, sagte Matze. »Der Asphalt ist nicht zu körnig. Schaffst du einen Ollie? Sonst pass bei den hohen Kanten am Parkplatz auf.«

»Wird schon«, sagte Nele und schlenderte mit dem Brett unterm Arm zur Einfahrt hinauf. Sie wollte nicht, dass die Jungs sie bei ihren ersten Übungen beobachteten.

Die Auffahrt hatte Gefälle. Nele hatte aber ein gutes Feeling unter den Füßen, und als sie angeheizt kam, wagte sie ihren ersten Ollie über einen Buckel im Pflaster. Und er gelang ihr! Drüben klatschte Hans, der also doch zugeschaut hatte, während Robbers Körper sich gerade in einem Flip vom höchsten Punkt der Rampe löste. Den Bruchteil einer Sekunde stand er gegen den Himmel. Matze machte es ihm nach. Dann war Hans an der Reihe. Nele wollte zuschauen. Sie stieß sich soft ab und rollte ein paar Meter vor. Hans donnerte die Pipe hoch und bot eine umwerfende Show. Er flog höher als die anderen. Sein Flip gelang ihm in vorbildlicher Haltung. Der Körper hatte jede Eckigkeit verloren, seine Arme waren ausgestreckt wie die Schwingen eines Vogels, die Hände flach und unverkrampft. Nele war voller Bewunderung.

Während die Jungs ihre Übungen fortsetzten, probierte sie weiter ihren Ollie über den Buckel im Asphalt, und als sie sich sicher fühlte auch einen über die Randkante des Parkplatzes. Leider endete der Sprung mit einem Sturz. Sie zog sich eine Schürfwunde am Ellbogen zu. Hans kam besorgt rübergerannt. Nele betrachtete die verletzte Stelle. Es blutete nur ein bisschen, sie hatte Glück gehabt.

»Soll ich mal nachsehen, ob ich noch Schoner finde?«, fragte Matze.

»Wär vielleicht besser«, sagte Nele kleinlaut. »Bis ich die Strecke besser kenne.«

Die Jungs fingen an, von ihren diversen Verletzungen zu erzählen. Robber hatte einmal einen Bandabriss am Knöchel erlitten, als er bei einem Triple-Kickflip vom Randstein runter umgeknickt war.

»Es hat mir glatt das Deck weggerissen. Weil auch noch ein Stück Knochen mit abgesplittert war, hab ich sechs Wochen Gips verpasst gekriegt. Geschieht dir recht, hat mein Vater gesagt. Wird Zeit, dass du dich hinter deine Schulbücher klemmst, anstatt dauernd durch die Gegend zu heizen.«

Matze legte unter seinem dunklen Haarpelz eine Narbe am Hinterkopf frei, die weiß schimmerte. Er hatte sie sich bei seinem ersten Boardslide über ein Geländer geholt, der natürlich missglückt war. Es war passiert, als sein Vater ihn mal nach Münster in einen Skatepark mitgenommen hatte.

»Und du?«, fragte Nele und versuchte mit Pusten ihren verletzten Ellbogen zu kühlen. »Was ist dir schon passiert, Hans?«

»Nur Kleinigkeiten. Das ist ein breites Board. Die Planke ist sicher und hat Indy-Achsen.«

»Damit fliegst du aber superhoch«, sagte Nele.

»Hhm, weil es total leicht ist. Aus kanadischem Ahornholz.«

Sie schlenderten zum Schuppen rüber. An die Holzwand gelehnt fachsimpelten sie weiter.

Robber erzählte, dass Jon Allie sein Vorbild sei, der es vom Amateur zum Profi geschafft hatte und jetzt ständig mit den Leuten vom Zero-Team auf Tour war. »Der verdient sich Kohle als Model, lernt die Welt kennen und ist gut drauf. Die Hauptsache für ihn ist skaten. Er lebt einfach jeden Tag so, wie es sich gerade ergibt, hat er in dem Video gesagt, das ich gesehen hab. Davon träum ich auch«, sagte Robber. »Ausbrechen und Spaß haben.«

»Ich will mal in ein Skatecamp in den Ferien«, sagte Matze. »Aber das ist teuer, und deswegen muss ich mir noch ein bisschen Kohle verdienen.«

»Und du?«, wandte sich Nele wieder an Hans, der träumend mit dem Kopf an der sonnengewärmten Holzwand lehnte.

»Meinst du mich?« Hans öffnete die Augen und sah sie an. »Ich weiß nicht. Skaten ist nicht mehr so wirklich mein Ding …«

Alle schwiegen. Nele kam die Unterhaltung von gestern in den Kopf, die Leute, mit denen sie Hans gesehen hatte. Robber hatte ihn gefragt, ob es seine Freunde wären. Nele dachte speziell an das Mädchen. Matze, der von all dem nichts mitbekommen hatte, fragte: »Und? Was für 'n neues Hobby hast du?«

Hans antwortete nicht, sah einfach in die Ferne.

»Komm schon, spuck's aus!«, sagte Robber herausfordernd.

Hans ließ sich nicht provozieren. Plötzlich sprang er auf.

»Will in meinen Garten gehen, will dort meine Zwiebeln gießen, steht ein bucklig Männchen da, fängt gleich an zu niesen … haha!«

Die anderen guckten verständnislos. »Was war das denn für 'n Kindergartenquatsch?«, fragte Matze. »Bist du jetzt total durchgeknallt?«

»Nö. Ist mir nur so eingefallen«, grinste Hans. »Eure Fragerei geht mir auf den Wecker! … Komm, fährst du mit, Nele? Hab kein Bock mehr!«

»Du kannst auch bei mir hintendrauf«, bot Robber sich schnell an. »Ich fahr dann auch jetzt.«

Aber Nele wollte lieber mit Hans. Sie wollte noch einmal die Wärme seines Rückens spüren. Anscheinend mochte er sie ja doch, und was er gestern über Natascha gesagt hatte, war ehrlich gewesen.

*

Hans hatte es wohl auch schön gefunden, Nele auf der Heimfahrt wieder an seinem Rücken zu fühlen. Nach dem Abendbrot kam er nämlich vorbei und holte sie ab.

»Wollen wir noch ein bisschen labern?«, fragte er und legte abwartend die Hand an den Türrahmen.

»Warum nicht?«, sagte Nele und fragte Oma um Erlaubnis. Die hatte nichts einzuwenden. »Ein Stündchen, bis es dunkel wird.«

Hans führte sie mitten durch die Maisfelder. Sie machten es sich auf einem grasbedeckten Plätzchen zwischen den Furchen bequem und blickten in den Sommerhimmel. Der Himmel sah wunderschön aus, rosarot und golden.

»Wie Robber denkt, so denke ich auch manchmal«, fing Hans nach einer Weile an. »Einfach raus aus dem Schlamassel, alles vergessen und Spaß haben. Aber das sind natürlich Träume. Mein Vater nervt mich jetzt schon damit, was ich mal werden will.«

»Ist ja wohl echt noch ein bisschen früh.«

»Er hat immer kluge Ratschläge parat. Auf keinen Fall Polizist, sagt er immer. Am besten wäre ein Informatikstudium ... später Medienbranche, das sei was, was noch Aussichten hat.«

Hans fuhrwerkte beim Sprechen mit seinen langen Gliedern herum.

»Keine Ahnung, welcher Job der beste ist. Meine Mutter ist Sekretärin. Ich könnte mir für mich Lehrerin vorstellen. Sportlehrerin ...«, sagte Nele.

»Mein Vater weiß gar nichts von mir. Der denkt an die Zukunft, dabei hab ich *jetzt* Probleme. Seit meine Mutter weg ist, läuft alles schief ... Und zu ihm kann ich mit so was nicht kommen. Er lässt mich nicht an sich ran. Er denkt, ich sei ein Jammerlappen ... Manchmal hab ich das Gefühl, dass er seine Wut auf meine Mutter an mir auslässt.«

»Das wäre aber sehr unfair … Ist es denn echt so schlimm? Letztens hast du nur gesagt, er hätte einen etwas abartigen Humor.«

»Das war harmlos ausgedrückt. Hast du denn nichts davon gemerkt, als du ihn kennen gelernt hast? Fandst du es denn normal, wie er mich attackiert?«

»Für mich hielt es sich in Grenzen. Kannst du denn nicht zu deiner Mutter ziehen?«

»Nein. Die lebt mit dem Neuen. Der mag keinen fremden Sohn in der Familie.«

Hans rollte sich auf die Seite, stützte den Kopf in die Hand und blickte eindringlich auf Nele hinunter.

»Erst hab ich immer wieder mit meiner Mutter gesprochen, ob sie nicht doch wieder zurückkommen will. Natürlich war es umsonst. Dann …«, er zögerte, »… dann hab ich zu Gott darum gebetet, dass sie es sich noch mal überlegt. Aber es hat nichts genützt.«

Nele sah Hans prüfend in die Augen. Die Sache mit Gott schien ein wichtiges Thema für ihn zu sein. Schon wieder fing er damit an. »Ich bete nur manchmal«, sagte Nele zögernd. »Zum Beispiel für meine Mutter. Und ich hoffe, dass es auch nützt. Jedenfalls hat sie gestern am Telefon wieder gesagt, es gehe ihr besser. Und ihre Stimme war auch schon viel kräftiger.«

»Dann hat sie einfach gute Ärzte. Außerdem *will* sie ja sicher gesund werden. Meine Mutter *will* nicht zu uns zurückkommen.«

»Komm«, sagte Nele und zog seinen Kopf auf ihre Schulter. Er ließ es geschehen.

»Beten bringt gar nichts«, sagte Hans leise. »Ich hab es immer wieder versucht. Gott ist so was von …«, er suchte nach einem passenden Wort, »… erhaben! Am besten geht man ihm aus dem Weg. – Glaubst du an den Teufel?«, fragte Hans plötzlich. »Es gibt Leute, die sagen, der Teufel wär zuverlässiger als Gott. Sie sagen, wenn Gott versagt, muss man den Teufel bitten. Der hilft unter Garantie. Gott und Teufel, gut und böse … darüber denke ich dauernd nach«, fuhr Hans fort.

»Gott ist gut, und der Teufel ist schlecht«, sagte Nele. Aber war es wirklich so einfach?

»Zwischen gut und böse zu unterscheiden ist nicht immer so leicht, das stimmt«, sagte sie nach einer Weile. »Was ist richtig, und was ist falsch? Manchmal meint man etwas gut und macht doch was ›Böses‹. Zum Beispiel wenn man lügt, um einen anderen nicht zu verletzen. Ist das dann gut oder schlecht?«

»Noch schwieriger wird es, wenn du lügst, damit ein anderer nicht die Wahrheit erfährt und deine Pläne durchkreuzt.«

»Lügst du deshalb? Sagst du Robber und Matze deshalb nicht, dass du mehr mit dieser Natascha zu tun hast, als du behauptest?«, fragte Nele misstrauisch.

»Mit Robber hab ich keine Lust zu diskutieren«, sagte Hans. »Mit dir schon.«

Sie schwiegen. Der Himmel war noch immer rosig. Hans' Hand kam zu Nele herübergekrochen und legte sich zögernd auf ihre. Sie zog sie nicht weg. Es war ein schönes Gefühl, schöner, als wenn Mama sie streichelte. Sie dachte wieder an die süßen Härchen in Hans' Nacken, die sie gern mal angefasst hätte, aber sie traute sich nicht, ihn zu fragen, ob sie es mal tun dürfe. Also hielt sie einfach nur still. Nach einer Weile fing Hans mit geschlossenen Augen leise an zu summen. Nele kannte die Melodie.

»›Never leave you‹ von Lumidee«, sagte sie leise, »das ist mein Lieblingssong.«

Hans ließ ihre Hand los, richtete sich auf und strich ihr sacht und zart über die Stirn. »Never leave me«, flüsterte er.

Sie trafen sich jetzt jeden Abend. Meistens lagen sie dicht nebeneinander, sodass Nele die Wärme von Hans' Körper spürte. Sie hielten sich bei der Hand oder Hans betrachtete sie und streichelte dann plötzlich ihr Gesicht. Nele hatte inzwischen auch gewagt, Hans' Nackenhärchen zu streicheln. Hans hatte nichts dagegen gehabt, im Gegenteil, er hatte ganz still gehalten und es anscheinend genossen. Sie unterhielten sich über Schule und Lehrer, über Robber und Matze, machten Pläne für den nächsten Ferientag. Nele erzählte von ihren Freunden zu Hause, von Hans' Moerser Freunden sprachen sie nicht mehr. Oft passierte es, dass er plötzlich in ein langes Schweigen verfiel, und wenn Nele ihn fragte, was denn los sei, kam er nur langsam aus seinen fernen Gedanken zu ihr zurück. »Nichts«, sagte er dann und seufzte.

Einmal brachte Nele ein Magnum aus Omas Eisvorrat mit, das sie schnell essen mussten, weil es schmolz und anfing zu kleckern. Sie schnippte ihren abgelutschten Eisstil nach Hans und sagte: »Was du letztens zu mir gesagt hast, never leave me und so … Hast du das schon zu vielen Mädchen gesagt?« Dabei dachte sie an Natascha.

Da packte Hans ihre Hände und zwang sie lachend nieder. Mit ein bisschen gespielter Gegenwehr ließ Nele es sich gefallen. Plötzlich beugte er sich über ihr Gesicht und drückte ihr einen Kuss auf den Mund. Neles erster Kuss von einem Jungen. Erst schmeckte er nur kalt nach Eis und süß nach Schokolade. Aber dann schmeckte er aufregend, und Nele wurde ganz schwindlig davon.

»Natürlich hab ich das noch zu keinem Mädchen gesagt. Auch nicht: ›Ich lieb dich‹ oder so was«, beteuerte Hans.

Es war das erste Mal, dass Nele keine düsteren Gedanken bei Hans spürte, die bisher so oft wie eine plötzliche dunkle Wolke den schönen Sommerabend verdunkelt hatten.

6.

Düstere Träume

»Heute essen wir erst abends«, sagte Oma am Samstagmorgen. »Dann hat Jan auch noch was davon.«

An diesem Abend würden Hans und sie sich also nicht sehen können. Jan hatte versprochen, Nele das Fahrrad und ihr Skateboard mitzubringen.

»Es gibt Bratheringe«, sagte Oma, »aus dem Glas, die mag Jan so gern.«

Nele konnte sich nicht erinnern, dass Jan zu Hause jemals Bratheringe gegessen hatte. Bei ihnen zu Hause gab's keine Bratheringe.

Abends stellte Oma das Glas auf den Tisch. Darin waren braune, schrumpelige Stücke, die nicht nach Fisch aussahen. Nele war skeptisch.

»Würdest du mal Kartoffeln schälen?«

Nele schälte Kartoffeln mit Omas stumpfem Kartoffelschälmesser. Um sieben setzte sie sie auf. Um halb acht erwartete Oma Jan.

Nele setzte sich auf die schwarze Couch im Wohnzimmer und blätterte im »GO girl«-Magazin, das sie von zu Hause mitgebracht hatte. In ihrem Horoskop stand: *»Deine Glücksfarbe ist im Moment Pink. Pass darauf auf, dass du jeden Tag etwas Pinkes trägst (auch wenn es nur eine Unterhose ist). Lehn dich zurück und warte auf das Glück, das dir bevorsteht!«*

Da musste sie aber lachen! Pink! Diese blöde Girliefarbe! Und auf ein Glück in der Zukunft brauchte sie auch nicht mehr zu warten. Sie hatte es, und es hieß Hans! Immer wenn sie an ihn dachte, meldete sich dieses bestimmte Kribbeln in ihrem Bauch. Sie hätte zu gern mit ihrer Freundin Caro darüber gesprochen, denn dieses Gefühl war neu und aufregend für sie.

Die Kartoffeln wurden gar, aber Jan verspätete sich.

»Wir fangen schon mal an«, sagte Oma, »sonst verkocht alles.«

Sie knetschte sich Butter in die Kartoffeln und zog ein paar feine, weiche Gräten aus ihrem braunen Stück. Also war das wirklich ein Fisch. Nele musste sich erst daran gewöhnen.

Die Bratheringe rochen säuerlich, schmeckten aber letzten Endes besser, als sie aussahen. Nele konnte trotzdem nicht verstehen, wieso jemand hinter Brathering her sein konnte.

Sie waren mit Essen und Spülen fertig, und Jan war immer noch nicht da. Er hatte vorher noch zu Mama ins Krankenhaus gewollt. Nele begann sich Sorgen zu machen, dass mit Mama etwas nicht in Ordnung war.

»Jetzt beginnt das Wochenende«, sagte Oma, ließ sich in die schwarze Couch fallen und knipste den Fernseher an. »Heute kommt ›Wetten, dass …‹.«

Nele fand »Wetten, dass …« so lala. Manche Wetten waren spannend, aber Thomas Gottschalk war ein Quatschkopp. Oma fand ihn gut. Nele nahm an, dass Gottschalk der Schwarm älterer Frauen war.

Sie drückte sich in das Polster und rutschte nach hinten, bis ihre Beine in die Luft ragten. Das Polster war erst schön kühl, dann wurde es klebrig unter ihren nackten Beinen. Sie legte ihre Hände unter die Oberschenkel.

Um kurz vor zehn hörten sie endlich ein Auto draußen. Jan! Oma stützte sich auf die Lehne, um aus dem Sofa hochzukommen. Aber Nele war schon auf den Beinen, und Oma ließ sich wieder zurücksinken. »Dann geh du mal.«

Nele rannte zur Haustür und riss sie auf. In der Dunkelheit sah sie Jan, wie er ihr Fahrrad aus dem Kofferraum wuchtete.

»Na endlich«, rief sie. »Wo warst du so lange?«

»Bei Mama«, antwortete Jan und knallte den Deckel zu.

»Ist alles in Ordnung?«

»Ja«, sagte Jan und schob das Rad zum Haus. »Ich habe ihr noch ein bisschen geholfen, sich für die Nacht fertig zu machen.«

Er lehnte das Rad an die Hauswand und ging noch einmal zum Wagen zurück, um seine Tasche und das Skateboard zu holen. Auch an die Gummistiefel hatte er gedacht. Dann nahm er Nele in den Arm und drückte sie fest. Er packte ihr Gesicht mit beiden Händen, presste ihren Mund zu einer Kaninchenschnauze zusammen, gab ihr den üblichen Schmatzkuss und rieb seine Bartstoppeln an ihrer Wange. Nele quietschte.

»Na, Puck?«, sagte er, schob sie um Armeslänge von sich und betrachtete sie. »Bist du gewachsen?«

»Zwei Zentimeter in einer Woche«, lachte Nele und hängte sich an seinen Arm.

Oma kam aus dem Wohnzimmer. Jan gab ihr auch einen Kuss, aber auf die Wange und keinen Schmatzkuss.

Sie gingen in die Küche, und Oma briet Jan die restlichen Kartoffeln. Sie nahm eine Decke aus dem Schrank und breitete sie über den Küchentisch. Alles ihm zu Ehren.

»Lass mal«, wehrte Jan ab. »Keine Umstände. Mach es wie früher. Das ist doch viel gemütlicher.«

Oma und Nele sahen ihm beim Essen zu. Nele fragte, ob ihm der Brathering schmeckte.

»Sicher«, sagte Jan und schaute kauend von seinem Teller auf. »Köstlich! Magst du ihn nicht?«

»Tütensuppen sind besser«, grinste Nele, die wusste, dass Jan ihre Vorliebe kannte.

Sie sprachen über Mama, und Nele wollte wissen, ob sie Fortschritte machte.

»Langsam«, sagte Jan. »Aber es wird noch seine drei Wochen dauern. Und deshalb ist es gut, dass du hier bist.«

»Aber wenn sie nach Hause kommt und keinen hat, der ihr helfen kann, dann denkt ihr doch an mich? Du bist schließlich den ganzen Tag weg.«

»So weit ist es noch nicht«, sagte Jan, »wir müssen abwarten. Jetzt darüber zu sprechen, hat gar keinen Sinn.«

Das Thema war erledigt, das merkte Nele. Sie blies die Backen auf, was sie immer tat, wenn sie beleidigt war. Jan versuchte, sie zu besänftigen.

»Komm, wir spielen noch eine Runde ›Mensch ärgere dich nicht‹.«

»›Siedler von Catan‹!«, sagte Nele schnell. »Ich hab es eingepackt.«

»Guck mal auf die Uhr«, sagte Jan. »Das dauert mindestens eineinhalb Stunden.«

»Es sind doch Ferien«, sagte Oma. »Aber ich kenne nur ›Mensch ärgere dich nicht‹. Es liegt in der Truhe in deinem alten Zimmer. Da hab ich alles aufbewahrt.«

Jan ging nach oben und kam tatsächlich in seinen alten Jeans aus dem Kleiderschrank in Neles Zimmer runter.

»Und wo schlafe ich?«, fragte er.

»In deinem Bett natürlich«, sagte Oma. »Nele kann bei mir schlafen.«

Jan warf den ersten Sechser. Dann kam er gleich mit drei Figürchen raus. Kurz darauf schmiss er Oma raus, die auch Glück mit einer Sechs gehabt hatte. Sie lachte. Nele schüttelte den Würfel jedes Mal heftig in der hohlen Hand, ehe sie ihn rollen ließ. Endlich hatte sie eine Sechs. Beim zweiten Wurf noch einmal und dann eine Zwei. Jan jagte sie mit einer seiner grünen Figuren, und zack, war sie wieder draußen. Schließlich gewann er.

Nach dem zweiten Spiel sagte Oma, jetzt sei Schluss, sie sei müde, und Nele habe ja schon Ränder unter den Augen und ihre Nasenspitze sei ganz weiß. Jan packte das Spielbrett in den Karton und sortierte die Figürchen nach Farben in die Fächer am Rand.

»Komm, Puck«, sagte er. »Morgen ist auch noch ein Tag.«

Nele probierte ihren traurigen Hundeblick, aber die Erwachsenen blieben hart. Oma zwinkerte ihr zu, als sie sich aus dem Wohnzimmer trollte.

In Omas altem Ehebett fand sie keinen Schlaf. Das Kopfkissen war zu prall und zu hart. Unter dem Plumeau glaubte sie zu ersticken. Sie trat es mit den Füßen von sich. Der Wecker auf Omas Nachttischchen leuchtete grünlich und tickte. Es war schon gleich zwölf. Nele stand auf, um sich ein Glas Wasser in der Küche zu holen.

Im Flur war es stockdunkel. Aus dem Wohnzimmer fiel ein Lichtstrahl durch die angelehnte Tür. Sie hörte Jans und Omas Stimmen.

»In Wolfskuhlen sollen sich wieder welche treffen«, hörte sie Oma sagen.

»Und?«, fragte Jan. »Hat die Polizei das kontrolliert?«

»Weiß ich nicht. Davon hab ich nichts gehört.«

»Wenn was dran wäre, hätte es bestimmt in der Zeitung gestanden.«

»Sollte man annehmen. Ich hab nichts gelesen ... Übrigens wird Herr Schönwald gar nicht gut damit fertig, dass seine Frau ihn verlassen hat.«

»Ich wusste gar nicht, dass sie weg ist.«

»Hab ich dir das nicht erzählt? Sie hat einen anderen kennen gelernt. Mit dem lebt sie jetzt zusammen. Na ja. Ist ja heutzutage fast das Normale, dass die Ehen kaputtgehen. Keiner regt sich mehr darüber auf. Aber die Kinder, die zurückbleiben, können einem Leid tun. Hans hat sehr an seiner Mutter gehangen, und er vermisst sie sehr. Er ist komisch seitdem, finde ich. Guckt mir nicht in die Augen, wenn ich mit ihm spreche. Als sei ihm was peinlich oder als hätte er ein schlechtes Gewissen. Dabei ist er doch als Letzter schuld am Drama seiner Eltern!«

Oma seufzte. »Er ist oft mit Nele zusammen. Die beiden verstehen sich gut. – Übrigens, Nele ist ein liebes Mädchen, gut erzogen und hilfsbereit. Sie macht sich Sorgen um ihre Mutter … Sie hängt auch sehr an dir!«

»Ich hab sie auch gern. Wie meine eigene Tochter.«

»Wollt ihr nicht heiraten?«

Nele horchte auf in ihrem Versteck. Oma Heufeld stellte die Frage, die sie sich nie zu stellen getraut hätte. Sie wünschte sich nichts sehnlicher, als dass Jan jetzt mit einem klaren Ja antworten würde. Sie beugte sich vor, um die Antwort nicht zu verpassen; dabei stieß sie mit der Stirn gegen die Tür.

»Da war doch was?«, sagte Jan. »Ist da jemand im Flur? Nele?«

Nele zog sich rasch von ihrem Lauschposten zurück und hastete die Treppe hinauf. Ihre nackten Füße machten zum Glück kein Geräusch auf dem Teppich. Als Jan den Flur betrat und das Licht anknipste, war sie schon im Schatten eines Schranks oben auf dem Gang verschwunden. Sie presste sich mit dem Rücken an die Wand. Nur auf ihre Füße fiel ein matter Lichtschein. Sie konnte Jans Gesicht und seine Schultern sehen. Er stand am Fuß der Treppe und lauschte. Eine Hand lag auf dem Geländer.

Da wandte er sich ab, ging zurück ins Wohnzimmer und schloss die Tür hinter sich. Was er zu Oma Heufeld sagte, konnte sie jetzt nicht mehr verstehen. Auf Zehenspitzen schlich Nele ins Schlafzimmer und kroch ins Bett. Ihr Herz klopfte. Wenn sie Jan nicht durch das Geräusch, das sie gemacht hatte, abgelenkt hätte, hätte sie seine Antwort gehört. »Lieber Gott«, flüsterte sie, »mach, dass er ›Ja‹, gesagt hat!«

Allmählich rutschte sie erst in den Schwebezustand zwischen Wachsein und Schlaf, dann tiefer hinab in einen Traum.

Dunkle Gestalten tanzten auf einem Friedhof und quälten eine Katze. Auf den Gräbern lagen Totenschädel neben gekreuzten Menschenknochen. Ein Dolch blinkte im Licht von Kerzen auf. Die Katze schrie.

Dann war sie nicht mehr auf einem Friedhof, sondern in einer alten Ruine. Sie stolperte über Steinbrocken und kam nicht voran. Auf einmal fiel ein Netz über sie, das jemand von hinten geworfen hatte. Sie schlug um sich, strampelte und verhedderte sich immer mehr in den Maschen. Plötzlich erkannte sie den, der mit beiden Händen fest einen Riesenkescher hielt, an dem das Netz hing. Es war der Schlammäugige, und er sah sie drohend an.

»Schnüfflerin«, sagte er, »du hast hier nichts zu suchen. Das wird gefährlich für dich!«

Er riss die Stange hoch, sodass sich das Gewebe bauschte und in die Luft hob. Mit einer weit ausholenden Bewegung schwang er den Kescher über Neles Kopf zur Seite. »Hau ab!«

Nele fuhr aus dem Schlaf hoch und saß kerzengerade. Beim Schwingen des Keschers hatte das Hemd des Schlammäugigen eine Kette an seinem Hals enthüllt. Nele hatte einen fünfzackigen Stern gesehen, der auf dem Kopf stand. War das nicht ein Symbol von Teufelsanbetern?

Sie tastete zur Seite nach Oma. Sie hätte jetzt so gern ihre Wärme neben sich gespürt, aber Oma war immer noch nicht im Bett! Lange lag sie wach und wartete, aber als Oma endlich kam, war sie doch wieder eingeschlafen.

7.

Was ist mit Wolfskuhlen?

»Komm, steig ein«, sagte Jan, »es wird Zeit.«

Er wollte mit ihr einen Ausflug nach Venlo machen, um dort nach der neuen Hose zu gucken, die Nele sich wünschte. Beim Frühstück hatten sie darüber gesprochen.

Sie fuhren die Strecke, die sie mit Oma nach Moers gefahren war, bis zur Autobahnauffahrt. Nele hielt Ausschau, ob sie die Jungs auf dem Gelände der Gärtnerei entdeckte. Sie sah nur einen großen, dunkelhaarigen Mann in einem blauen Arbeitsanzug, der die Tiere fütterte. Das war wohl Matzes Vater. Aber dann, nur ein Stück weiter, überholten sie eine bekannte Gestalt, die in Richtung Stadt ging: der Schlammmann, von dem Nele diese Nacht einen Alptraum gehabt hatte.

»Guck mal«, sagte sie. »Das ist der, der uns damals vor Wolfskuhlen vor das Auto gesprungen ist. Ich hab ihn schon ein paar Mal wieder gesehen. Einmal ist er aus einem Maisfeld gekommen und hat sich mir in den Weg gestellt.«

Jan sah sie durchdringend an.

»Oma kennt ihn. Er heißt Darling Joe, und sie sagt, er spinnt.«

Jan nickte. »Ach der! Damals, als wir kamen, hab ich ihn gar nicht erkannt. Vielleicht hat er im Maisfeld mal pinkeln müssen«, sagte er und guckte wieder geradeaus. »Was hat er denn von dir gewollt?«

»Och ... Er hat so dumm rumgelabert, ob ich spazieren gehe und so. Er würde auch spazieren gehen ...«

»Na ja. Das hört sich ja eher harmlos an. So war er immer schon. Redet dumm rum. Wahrscheinlich hat er dich angesprochen, weil du neu hier bist.«

»Sag mal Jan, weißt du, was dieser fünfzackige Stern, den die Teufelsanbeter benutzen, genau bedeutet?«

»Das Pentagramm? An sich hat es nichts mit Satanismus zu tun, nur wenn es auf den Kopf gestellt ist. Ich hab gehört, dass es ein Schutz- und Zauberzeichen sein soll. Wie kommst du darauf?«

»Was zaubern die denn?«, fragte Nele, ohne auf seine Frage einzugehen.

»Sie *meinen*, sie könnten zaubern. Sie glauben, sie hätten besondere Kräfte vom Teufel, weil sie ein Bündnis mit ihm geschlossen haben ... Aber das ist alles Quatsch.«

»Was für ein Bündnis schließen sie denn mit dem Teufel?«

»Sie glauben nicht an Gott und verhöhnen alles Gute. Sie sagen, der Teufel gibt ihnen die Kraft, Böses zu tun, und sie schwören, nur ihm zu gehorchen. Was dabei im Einzelnen abgeht, weiß ich nicht.«

Nele schüttelte sich. »Sie kommen auf Friedhöfen zusammen, feiern auf den Gräbern, und manchmal schlachten sie eine Katze zum Opfer, hab ich mal gehört.«

»So was wird erzählt. Ich habe mal gelesen, dass richtige Satanistensekten selten sind. Viele Jugendliche spielen nur so rum. Als wären sie Satanisten. So richtig schön gruselig, verstehst du? Sag mal, warum interessierst du dich denn so dafür?«

»Dieser Darling Joe hat so einen fünfzackigen Satanistenstern um den Hals.«

Jan gab Gas und fuhr auf die Überholspur. Er konzentrierte sich ganz darauf, an einem holländischen Laster vorbeizukommen. »Vielleicht hast du nicht richtig hingeschaut ...«

»Hab ich doch!«, sagte Nele ärgerlich und verschwieg, dass

es ihr erst im Zusammenhang mit ihrem Traum klar geworden war.

»Da siehst du, dass er wirklich plemplem ist, wenn er mit so was rumläuft. Er weiß sicher gar nicht, was das ist.«

In Venlo war Koopsonntag, hauptsächlich, so schien es, für Deutsche. Die Straßen und Geschäfte waren voll von Menschen. Es roch nach Pommesöl. Nele fand bei Hema eine Hose, die ihr gefiel. Jan nutzte die Gelegenheit, Käse und gesuikerte Erdnüsse zu kaufen. Leider gab es hier keinen Vanillevla. Dafür mussten sie noch in ein anderes Geschäft.

Die Straßen waren schmutzig. Jan hatte keine Lust auf Bummeln in dem Trubel. Sie bogen in eine enge Gasse ab und gelangten auf einen stillen Platz, auf dem unter Bäumen Korbstühle um Tischchen standen. Vor einer Tierhandlung neben dem Platz waren Käfige mit Vögeln aufgebaut. Nele mochte keine Wellensittiche und Kanarienvögel. Bei ihr fing ein Haustier beim Kaninchen an ... Schade, dass Oma Heufeld keinen Hund hatte.

»Du bist so still. Hast du was?«, fragte Jan.

Nele schrak auf. »Nö«, sagte sie und seufzte. »Man hat schon mal einen Durchhänger, oder? Danke für die Hose.«

»Komm«, sagte Jan und zog sie an einen Tisch. »Wir trinken eine Cola.«

Auf der Rückfahrt verpasste Jan die Ausfahrt. Er fuhr an der nächsten in Baerl ab, und so mussten sie wieder durch das Waldstück, durch das sie auf der Hinfahrt gekommen waren.

»Können wir uns nicht mal das Schloss angucken?«, fragte Nele.

»Wolfskuhlen? Okay. Mal sehen, wie es jetzt da aussieht. Zu meiner Zeit haben junge Künstler aus Rheinberg mal eine Weile darin ausgestellt, und Bands haben gespielt. Das war damals ein Highlight. Heute ist es nur noch ein Trümmerhaufen.«

Jan ließ den Volvo auf dem Grasstreifen zwischen Straße und Bäumen auslaufen, weit vor der Stelle, an der die helle Ausbuchtung begann, hinter der das Gelände des Herrenhauses lag.

»Warum fährst du nicht näher ran?«, fragte Nele.

»Ich will nicht, dass jeder, der zufällig vorbeikommt, uns hier rumspazieren sieht.«

Nele dachte daran, was er von Oma über irgendwelche Treffen erfahren hatte, für die sich die Polizei interessieren sollte. Hatte er Angst, jemand würde ihn damit in Zusammenhang bringen?

Sie kamen an Stacheldrahtrollen, stapften viele Meter weit daran entlang, bis sie zu einem alten, über zwei Meter hohen eisernen Zaun gelangten. Dann kam ein breites schmiedeeisernes Tor. Dahinter war nur ein kurzer Zaunabschnitt übrig geblieben. Mit rostigen Armierungseisen hatte man versucht, den Rest des Zauns zu ersetzen, aber sie hingen windschief aneinander und waren an einer Stelle völlig zu Boden gegangen. Eine dicke Rolle Stacheldraht war darüber gespannt. Ein großes Emailleschild lag auf der Erde, verkratzt und mit Rostflecken. Die Schrift darauf war kaum noch lesbar. »Einsturzgefahr! Zutritt strengstens verboten! Eltern haften für ihre Kinder. Zuwiderhandelnde müssen mit strafrechtlicher Verfolgung rechnen«, entzifferte Nele mühsam.

Jan guckte nach rechts und links, ob keiner kam. Dann versuchte er, mit den Armen rudernd, über den Draht zu klettern. Es war schwierig, nicht in die Stacheldrahtfallen zu tapsen und gleichzeitig die Balance zu halten. Als er sicher drüben war, streckte er Nele die Hand hin und half ihr hinüber. Sie gingen zwischen unkrautüberwucherten Schutthügeln auf das Schloss zu. Rechts und links lagen niedrige Reihenhäuser im Rohbau.

»Ganz früher waren hier die Remisen«, sagte Jan, »wo die Kutschen untergebracht waren.«

Vor den Häusern türmten sich Fertigbauteile. Die Platten zerbröselten. Es sah nicht so aus, als würden sie noch gebraucht. Es gab auch keine Baumaschinen. Gras wucherte an den Fundamenten hoch. Glasscherben lagen in den unteren Räumen.

»Den Bauherren ist das Geld ausgegangen«, sagte Jan.

Die Vorderfront des Schlosses wuchs wie eine Kulissenwand vor ihnen in die Höhe. Das Dach fehlte. Ein niedriges Eisengeländer lief am First entlang über die letzte Reihe intakter Steine. Durch die Fensterhöhlen der oberen Zimmer sah man den hellen blauen Himmel. Schwarze Rauchspuren zogen von den Simsen an der hellen Außenwand empor.

»Das Innere ist vor ein paar Jahren völlig ausgebrannt«, sagte Jan. »Zu der Zeit, als es nicht mehr genutzt wurde, haben sich hier immer Jugendliche rumgetrieben. Wahrscheinlich haben welche mal ein Feuerchen gemacht, das außer Kontrolle geraten ist.«

Die Fenster in den unteren Stockwerken waren mit massiven braunen Platten vernagelt, auch der ehemalige Hauseingang in der Mitte des Gebäudes. Die Stufen waren zerbrochen, aus den Spalten wucherte Gras.

Schon von weitem hatte Nele die Schmierereien am Haus gesehen. Es waren Hakenkreuze und Schriftzeichen in Rot und Weiß, die sie nicht kannte.

»Spelln was here«, las sie auf einer der Platten. »April 2002«. Dann ein paar Namen.

»Spell?«, sagte sie zu Jan. »Das ist doch Englisch. Spell heißt Zauber!«

»Quatsch!«, sagte Jan. »Spelln ist eine Stadt auf der anderen Rheinseite, hinter Duisburg. Wie ich gesagt hab, hier haben sich immer schon Jugendliche aus dem ganzen Umkreis rumgetrieben.«

»Pass auf!«, schrie Nele. Jan war gestolpert und fast gefallen. »Wahrscheinlich ist es doch ein Zauber, und er wirkt schon!«

»Haha!«, sagte Jan, der sich wieder gefangen hatte. »Sehr witzig!«

Mit energischen Schritten marschierte er auf die Hausecke zu. Nele entdeckte über einer weiteren vernagelten Tür ein altes farbiges Wappen aus Stein. Über einem blauen Feld mit goldenen Halbkugeln lagen drei löwenartige Tierkörper. Eine Hälfte des Wappens war mattgrün und rot gestreift. Darüber prangte eine Krone, der ein paar Zacken fehlten.

»Was war das denn für ein altes Geschlecht, das hier gelebt hat?«, fragte Nele.

»Die Barone von Loe. Aber deren Geschichte lass dir mal von Oma erzählen.«

An der Breitseite des Hauses waren die Fenster nicht vernagelt. Sie reichten bis fast auf den Boden hinab. Die Scheiben waren zertrümmert. Splitter lagen im Keller zwischen Gerümpel, Getränkekisten, Brettern. Modriger Geruch drang von unten empor. Modergeruch und auch ein strenger Uringestank.

Vor den Fenstern befanden sich massive Eisengitter. Hinter einem erstreckte sich ein hallenartiger Raum. Nele sah voller Verwunderung in der Mitte eine lange Doppelreihe metallener Waschbecken. Einige Armaturen waren abgerissen, ebenso die Wasserrohre. Sie starrten verbogen aus den Löchern im Boden. Die Ausgüsse der Becken waren verstopft von Papierresten und Papptellern mit verkrusteten roten Soßeresten. Und überall Glasscherben.

»Das war mal der Waschsaal«, sagte Jan, »als hier noch ein Kinderheim war.«

»Ein Kinderheim? Hier hat es ja wohl immer was anderes gegeben!«

In einem Winkel lag ein Kassettenrekorder mit halb abgerissenem Bügel. An einer Kante war ein Stück des Plastikgehäuses herausgebrochen. Da fiel Neles Blick auf ein mit frischer braunroter Farbe aufgesprühtes gezacktes Zeichen an der Wand. Ein umgedrehtes Pentagramm!

Sie stieß Jan an. »Guck mal«, flüsterte sie und zeigte darauf. »Das Zeichen ist ganz neu. Die Farbe glänzt noch.«

Jan hielt den Kopf schief und beguckte es sich. »Nee, das täuscht. Das Licht von außen glänzt auf der Farbe ...«

»So ein Quatsch!«, sagte Nele aufgebracht. »Nur frischer Lack kann so glänzen!«

»Komm, gehn wir!«, sagte Jan hastig. »Mit so was will ich nichts zu tun haben. Und ich brauch ja wohl nicht zu betonen, Puck, dass du hier nicht allein auf Erkundungstrip gehst, oder?« Seine Stimme duldete keinen Widerspruch. »Das ist kein Platz für Kinder.«

»Kinder? Gut, dass die Jungs dich jetzt nicht hören. Die wären ganz schön sauer!«

»... Außerdem ist es verboten, hier rumzukriechen, wie die Schilder zeigen. Und jetzt komm endlich! Schlag dir den ganzen Krempel mit den Satanisten aus dem Kopf!«

Als sie nach Hause kamen, hatte Jan es eilig. Es wartete eine Menge Arbeit auf seinem Schreibtisch, und er wollte noch zu Mama ins Krankenhaus.

Oma mochte ihn gar nicht wegen der kaputten Dachrinne fragen.

Nele wäre gern mit zu Mama gefahren, aber Jan schüttelte den Kopf. Er müsste sie ja dann am Abend wieder zurückbringen, und dazu reiche seine Zeit nicht. Er vertröstete sie auf das nächste Wochenende, und Nele blieb nichts übrig, als Mama schöne Grüße auszurichten und rasch einen Blumenstrauß in Omas Garten für sie zu pflücken. Als Jan schon seine Tasche in den Kofferraum stellte, rannte sie noch einmal nach oben und holte ihren Lieblingsteddy vom Nachttisch.

»Für Mama«, sagte sie und legte ihn neben den Blumenstrauß auf den Rücksitz. »Damit sie was von mir hat.«

Jan strich ihr über den Kopf und lächelte.

»Denk daran, was ich dir gesagt habe«, sagte er, als er schon im Auto saß, »ich meine mit Wolfskuhlen.«

Nele nickte. Oma und sie winkten Jans Auto nach. Steinchen spritzten zu den Seiten, weil er zu heftig Gas gab, als er vom unbefestigten Weg auf die Straße abbog.

In der Küche füllte Oma den Vanillevla, den sie aus Venlo mitgebracht hatten, in Schälchen und gab ordentlich braunen Zucker darauf, sodass es beim Essen zwischen den Zähnen knirschte. Es schmeckte phantastisch! Mama würde so was nie erlauben. Nele fiel ihr kranker Zahn ein. Aber gegen Zucker schien er nichts zu haben, er muckte nicht auf.

Oma rollte sich auf der Couch zu einem Schläfchen zusammen und steckte das Gesicht unter ein Kissen. Nele konnte jetzt nicht den Fernseher anmachen. Was Hans wohl machte? Weil Jan gekommen war und sie gedacht hatte, er bliebe bis zum Abend, hatten sie sich nicht für heute verabredet. Vielleicht wurde es nun doch noch etwas mit ihrem Treffen. Sie würde ihn nachher mal anrufen.

Nele nahm eine Zeitschrift vom Stapel auf dem Zeitungsständer und blätterte darin. Es war eine uralte Modezeitschrift. Alle Magazine auf dem Stapel waren uralt und die Sachen, die die Models trugen, von vorgestern. Sie hatten dicke Wintersachen an. Allein vom Hingucken fing Nele an zu schwitzen. Oma kuschelte sich immer tiefer in die Kissen wie eine wohlig schlafende Katze, und beim Atmen hob und senkte sich alles an ihr.

Das Umblättern der Seiten, das Ein- und Ausatmen von Oma, das Ticken der Uhr aus der Küche waren die einzigen

Geräusche am Sonntagnachmittag. Nele begann, ein Kreuzworträtsel zu lösen, aber viele Fragen blieben offen. Ein Wort für Hauptstadt mit neun Buchstaben? Nummer zwei waagerecht: ein Wort für Verdienst, der erste Buchstabe ein E?

Nele legte das Heft beiseite, schlich nach oben und las lieber in ihrer »GO girl«. Besser wäre natürlich eine »Bravo«. Sie bräuchte sie nicht mal vor Mama zu verstecken.

»Da muss man ja erst einmal alles durchsehen, ehe man sie dem Kind zu lesen gibt!«, hatte sie sich vor Jan einmal aufgeregt. »Und hinterher muss man alles, was sie gelesen hat, mit ihr durchsprechen!«

Nele wollte das Starrätsel in der »GO girl« lösen. Ex-No-Angel mit sieben Buchstaben war leicht, aber deutscher Skispringer (Kosename) mit fünf Buchstaben? Hä? Es war doch Sommer! Oberbekleidung mit drei Buchstaben war natürlich ein Top, und den Namen der Chartshow auf RTL kannte sie auch. Sie war schnell fertig mit dem Rätseltest. Auch ohne den Kosenamen des Skispringers kam sie auf das Lösungswort.

Der neue Hit auf der Seite »Songtext« war von Britney Spears. »My Prerogative«. Der Text war gut. Besonders gefiel ihr die Stelle: »Ich brauch keine Erlaubnis, meine eigenen Entscheidungen zu treffen, oh! Das ist mein Vorrecht! Es ist mein Vorrecht!« Sie würde sich die CD kaufen, wenn sie mal wieder nach Moers kam. Jan hatte ihr einen Schein zugesteckt.

Sie legte das Heft beiseite und dachte darüber nach, ob sie nicht auch ein Recht auf eigene Entscheidungen hatte. Schließlich war sie fast dreizehn. Wie kam Jan dazu, ihr alles zu verbieten! Zu Mama durfte sie nicht und nach Wolfskuhlen auch nicht! Nele geriet richtig in Wut. Plötzlich sprang sie auf. Sie hatte ihren Entschluss gefasst. Hoffentlich war Hans da!

Leise, damit Oma nicht wach wurde, schlich sie aus dem Zimmer und aus dem Haus. Dann fing sie an zu rennen.

Das Haus der Nachbarn lag da wie tot. Sie wollte nicht

klingeln. Vielleicht lag Hans' Vater auch gerade im Wohnzimmer auf der Couch und schlief. Hinten fand sie die Terrassentür offen. Vorsichtig setzte sie einen Fuß über die Schwelle. Drinnen war es überraschend dunkel nach all der Helligkeit draußen, und ihre Augen mussten sich erst daran gewöhnen. Sessel schliefen unter braunen, samtigen Bezügen. Vom Esstisch baumelten die langen Zipfel einer gehäkelten Decke über die Tischbeine. In der Mitte stand eine Schale mit den knüseligen Äpfelchen aus Schönwalds Garten. Nele ging auf Zehenspitzen in den Flur, die Treppe hinauf bis zu Hans' Zimmer und klopfte.

»Ja?«, fragte Hans. »Was willst du?«

Nele öffnete die Tür. Es war schummrig in dem Raum, die Jalousien waren heruntergelassen. Hans saß vor seinem Computer und kehrte ihr den Rücken zu. Sein Hinterkopf war ein unordentliches Gewuschel. Jetzt drehte er sich um.

»Hey, du bist es! Ich dachte schon, mein Vater sei plötzlich höflich geworden und hätte angeklopft! Wie bist du denn reingekommen?«

»Die Terrassentür stand offen. Ich wollte nicht klingeln.«

Hans fuhr seinen PC runter und stand auf.

»Stör ich?«

»Ja ... nein«, sagte Hans. »... sorry, ich war mit meinen Gedanken noch woanders. Aber jetzt ist okay. Hast du was Besonderes vor?«

Er hielt ihr eine angebrochene Tüte Lakritz hin. Nele fischte sich eine Schnecke raus, riss mit den Zähnen ein langes Stück ab und schlang es mit der Zunge in den Mund. »Draußen scheint die Sonne. Viel zu schade, um in der Bude zu hocken. Hättest du Lust auf eine Fahrradtour? Ich hab jetzt mein Rad da. Jan hat es mir mitgebracht.«

»In Ordnung«, sagte Hans. »Dann zeig ich dir mal was von der Gegend.«

»Warst du in letzter Zeit mal in Wolfskuhlen? Ist ja ein total verkommener Bau!«

»Du warst in Wolfskuhlen? Was wolltest du denn da?« Hans riss verblüfft die Augen auf.

»Oma hat Jan was von irgendwelchen komischen Treffen erzählt. Wo treffen sich eigentlich die Leute, von denen du mir mal erzählt hast? Die, die den Teufel besser als Gott finden?«

»Komm, Nele! Ich war nie mit ihnen auf irgendwelchen Treffen. So gut kenne ich sie nicht, verstehst du? Also halt dich da bitte raus. Hör auf, rumzuschnüffeln.«

»Also sind Satanisten gefährlich?«

»Für dich jedenfalls nicht das Richtige.«

»Ist ja lieb von dir, dass du es gut mit mir meinst. Aber pass auf dich selber auf. Denk nicht, dass Jungs sich mehr trauen als Mädchen! Und viel älter als ich bist du ja auch nicht!«

Hans grinste. »Okay!«, sagte er und wuschelte ihr durch die Haare. »Und jetzt komm, lass uns fahren.«

Sie radelten nebeneinander her zwischen Feldern hindurch, die zum Teil abgeerntet waren, auf schnurgeraden Straßen und solchen mit Kurven, ließen einen Busch zur Rechten liegen und einen zur Linken, mal blinkte die silbrige Fläche eines Baggersees von unten auf, mal kamen eine Koppel mit Pferden und eine Hand voll Häuser in Sicht. Es war eine Landschaft ohne Höhen und Tiefen. Am höchsten waren die Strommasten, die sie einmal unterquerten und die ihre Leitungen kilometerweit übers Land spannten. Es gab auch ein Windrad an einem Bauerncafé, das war vielleicht noch höher. Erschreckt von dem sausenden Propeller scheute ein Pferd auf der Straße und warf fast seine Reiterin ab.

Immer wieder musste Nele hinter Hans zurückbleiben, um auf den engen Straßen den radelnden Gegenverkehr vorbeizulassen.

»So ist es hier immer am Wochenende«, sagte Hans. »Niederrheintourismus.«

Er bog nach links ab, wo der Heesenweg auf einer Querstraße endete. Hier kam es Nele bekannt vor. »Wolfskuhlenallee« las sie auf dem nächsten Straßenschild, wo es scharf nach links abging. Sie klingelte und bog ein. Hans guckte sich um.

»Was machst du? Wir fahren geradeaus!«

»Komm schon. Wo wir einmal da sind, lass uns doch mal gucken!«

»Was bist du nur für ein Sturkopf!«, schrie Hans. »Ich geh da nicht rein mit dir!«

Er kam dann aber doch hinter ihr her. Nele preschte unter den hohen Bäumen voraus. Sonnenstrahlen zwischen dichten Blättern malten ein huschendes Lichtnetz auf den Asphalt. Rechts blinkte es wieder von einem See durchs Unterholz zur Straße herauf. Es sah alles ganz friedlich aus.

Dann das weiße Wolfskuhlen hinter all dem Grün auf der Lichtung.

Leute auf Rädern kamen ihnen entgegen, fuhren langsamer, beguckten sich das auffällige Gebäude, radelten weiter. Niemand stieg ab, um mal neugierig über den Zaun zu schauen. Nele hörte auf zu treten und sah sich nach Hans um. Der machte keine Anstalten, anzuhalten. »Tritt in die Pedale!«, rief er. »Alle gucken schon.«

»Wer? Wo?«, fragte Nele und ließ Hans neben sich kommen. »Du kennst doch sicher diesen braunen Kerl, der immer mit einem blauen Käppi rumläuft. Oma Heufeld kennt ihn auch. Jeder hier kennt ihn wohl.«

»Klar. Darling Joe.«

»Er hat ein umgedrehtes Pentagramm am Hals hängen.«

»Fängst du schon wieder an!«

Plötzlich stieg Hans ab und fing an, sein Rad zu schieben. »Wann bist du ihm denn begegnet?«, fragte er.

Nele stieg auch ab, und sie gingen nebeneinander her.

»Gleich am ersten Tag, als wir vom Angeln kamen. Als ich nach Hause wollte, ist er aus einem Maisfeld gesprungen und hat mich total erschreckt. So unangenehm erschreckt, weißt du? So schleimig. Er hat mich nicht angefasst oder so was! Aber eine falsche Bewegung, hab ich gedacht, dann schnappt er dich.«

Hans blieb stehen und starrte sie an.

»Ich hatte Angst.«

Hans brach völlig unpassend in ein hysterisches Gelächter aus, das Nele ärgerte.

Nele war sauer. »So viel Spaß hast du wohl schon lange nicht mehr gehabt! Freut mich, dass ich dir dabei behilflich sein konnte! Aber ich finde das allmählich schon komisch: Erst seh ich dich mit seltsamen Leuten und dieser Natascha, dann dieser Darling Joe, dann erzählt Oma von merkwürdigen Treffen auf Wolfskuhlen. Dann sieht Jan ein frisches Pentagramm, das auf dem Kopf steht, und alles, was er zu sagen hat, ist: Halt dich bloß da raus, kleine Nele. – Ich glaub, ich muss mal mit Robber darüber sprechen! Mal gucken, was der meint!«

»Lass bloß Robber aus dem Spiel!«

»Den würd es bestimmt interessieren! Und übrigens, wenn du dabei gewesen wärst, wär dir der Auftritt von dem Kerl garantiert nicht lustig vorgekommen!«

Hans nahm sie in die Arme, obwohl sie mitten auf der Straße standen und schon wieder Räder kamen.

»Sorry«, sagte er und blickte auf ihr Gesicht hinunter, das von seinem Kopf verschattet wurde. »War nicht so gemeint.«

Er beherrschte den bettelnden Hundeblick genauso gut wie sie.

Sie spürte seinen Kuss in ihrem Haar. Ihr Zorn schmolz dahin. Das Kribbeln im Bauch war wieder da, und ihre Arme wurden ganz schlaff. Hans rückte sie ein Stückchen von sich weg und sah ihr in die Augen. Seine Hände ließ er auf ihren Schultern liegen.

»Du hättest es mir gleich erzählen sollen. Dann hätte ich dich beruhigt und du hättest nicht unnötig Angst haben müssen. Mach dir wegen Darling Joe keinen Kopf. Du hast sicher was falsch verstanden ... Bitte sei mir nicht böse«, bat er.

In seinen Augen las Nele, dass es ihm ernst war. »Okay«, seufzte sie schließlich versöhnlich. »Dann will ich dir mal glauben.«

Nach dieser Versöhnung war keine Rede mehr davon, jetzt noch Wolfskuhlen zu erforschen. Sie kamen an einem lang gestreckten Backsteingebäude vorbei, das Nele schon heute Morgen, als sie mit Jan hier unterwegs war, aufgefallen war. Es hatte rot-weiß gestreifte Fensterläden und hübsche halbhohe Gardinen vor den Scheiben. Stallungen schlossen sich an.

»Wer wohnt denn hier so in der Nähe der unheimlichen Ruine?«, fragte Nele.

»Das ist der Hof des jetzigen Barons«, sagte Hans. »Ein Nachkomme aus dem alten Geschlecht.«

»Der lebt ja nicht mehr so herrschaftlich wie seine Vorfahren in dem alten Schloss«, sagte Nele. »Aber immerhin. Sieht ganz nett aus.«

»Da hat's mal ein Feuer gegeben«, sagte Hans. »Später, viel später als das Feuer, das das Schloss ruiniert hat. Dabei sind die Ställe völlig ausgebrannt. Danach ist alles wieder schön aufgebaut worden.«

»Und die Tiere in den Ställen?«

»Ich hab nicht gehört, dass Tiere dabei umgekommen sind.«

»Hatte jemand Feuer gelegt?«

»Nele! Hör endlich auf mit deinen Horrorgeschichten!«

»Die wohnen doch so nah bei Wolfskuhlen. Die müssten

doch eigentlich auch was merken, wenn hier was mit Satanisten wäre, findest du nicht?«

»Genau. Da hast du Recht.«

Zu Hause fragte Hans, ob sie noch mit zu ihm käme.

»Mein Vater ist jetzt zur Arbeit fort«, hatte er gesagt. »Wir könnten endlich mal in Ruhe eine Runde Computer spielen.«

Nele wartete auf ihn in seinem Zimmer. Er wollte noch ein Stück Kuchen und was zu trinken holen. Es war noch dunkler in dem Zimmer als vorhin. Sie zog die Jalousien hoch, um Licht reinzulassen, und sah sich um. Neben dem Computer lagen ein paar ausgedruckte Blätter. Sie trödelte hinüber und nahm sie in die Hand.

Beim Lesen bekam sie große Augen. »Schwarze Magie« stand da fett gedruckt. Es war die Überschrift zu einem langen Text. Oben links auf der Seite befand sich ein Logo. Es war das Bild eines Mädchens mit einem Stern auf der Stirn und quer gezogenen Strichen über dunkel umrandeten Augen. Die Augen waren weit geöffnet. Die Haare wanden sich wie Schlangen um ihren Kopf. Auf ihrer schmalen Hand saß eine Eule, deren Augen den Betrachter genauso anstarrten wie die des Mädchens. Ein heller Federkranz lag darum. Dampfschwaden stiegen unter der Eule auf. Nele konnte nicht genau erkennen, woher sie kamen. Der Ausdruck war an dieser Stelle etwas verwischt. Sie beugte sich nah über das Papier. Es schien eine Schale zu sein.

In diesem Augenblick ging die Klinke, die Tür sprang auf, und Hans drängte sich mit den Vorräten bepackt ins Zimmer.

»Kannst du mal bitte die Tür zumachen?«, fragte er.

Nele war vom Schreibtisch zurückgefahren, als habe Hans sie bei etwas Verbotenem erwischt. Sofort überblickte er die Situation.

»Ach, du hast die Seiten gefunden!« Er stellte die Gläser

und Teller ab. »Ich hatte sie mir gerade ausgedruckt, als du gekommen bist. Und dann hab ich vergessen, sie wegzuräumen, als wir gegangen sind. Hoffentlich hat mein Vater nicht inzwischen drin gewühlt! – Ich wollte sie dir auch noch zeigen. Wir haben ja auch schon über vieles gesprochen, was da drinsteht. Es ist eigentlich nichts Neues. Es geht um die Zauberei.«

»Zauberei? Wir haben über Zauberei gesprochen?«

»Ja. Schwarze Magie. Ich hab dir doch erzählt, dass manche Satanisten sagen, man könnte mit Hilfe des Teufels seine Wünsche erfüllen. Hier steht zum Beispiel, man könnte einem Menschen, an dem man sich rächen will, Schaden zufügen, ohne dass er merkt, dass man selber dahinter steckt.«

»Das ist ja schrecklich, Hans! Wie soll das denn funktionieren?«

»Zum Beispiel nehmen sie ein Stoffpüppchen oder kneten sich eins aus Wachs. Da stechen sie mit einer Nadel rein. Der Mensch, den sie auf dem Kieker haben, soll dann den Schmerz empfinden, den sie ihm am liebsten zufügen wollen. Das Stechen in die Puppe ist also symbolisch gemeint.«

»Hör doch auf mit dem Quatsch!«, schrie Nele ihn an. »Hans!« Sie war auf ihn zugetreten und rüttelte ihn an den Schultern. »Und so was glaubst du etwa? Das ist doch völlig hirnrissig!«

»Beruhig dich! Ich hab es ja nicht selber ausprobiert! ... Aber es ist doch wohl interessant, oder?«

»Was heißt ausprobiert! Denkst du denn überhaupt an jemanden, an dem du es ausprobieren könntest? Hast du jemanden, dem du einen Schmerz zufügen willst?«

Hans sah zur Seite und schwieg.

»Sag was! Guck mich doch an!«

Widerwillig hob Hans den Blick.

»Wen meinst du denn?«

Hans antwortete nicht. Er sah wieder an ihr vorbei in die Zimmerecke neben dem Fenster.

»Du hast doch Freunde. Du hast Robber und Matze. Du hast mich! Du hast gesagt, mit mir könntest du über alles reden!«

Hans blickte verstockt zu Boden.

»Komm«, sagte Nele und trat ein paar Schritte auf ihn zu und nahm ihn in den Arm. »Sag mir, wer es ist.«

»Niemand«, sagte Hans, aber Nele hatte nicht das Gefühl, dass er die Wahrheit sagte.

»Du bist mir unheimlich«, sagte sie enttäuscht. »Ich weiß gar nicht, ob ich noch mit dir zusammen sein will. Ich glaub, du bist nicht ehrlich zu mir.«

»Nele, das hat nichts mit dir und mir zu tun. Es ist alles nur Theorie. Nimm doch mal die Blätter mit und lies dir das in Ruhe durch. Dann wirst du auch finden, dass es total spannend ist. Wir können hinterher darüber reden.«

Hans hielt ihr die Seiten hin.

»Ich will nicht«, sagte Nele erst. Aber dann nahm sie die Blätter doch. Wenn sie nicht alles wusste, konnte sie tatsächlich nicht mit Hans darüber reden.

»Ich geh jetzt lieber«, sagte sie. »Ich will allein sein.«

»Nimm den Kuchen mit«, sagte Hans bittend und hielt ihr den Teller hin. »Ich hab dir extra ein Stück aufgehoben. Ich hätte es dir heute Abend mit ins Maisfeld gebracht.«

Das Maisfeld! Wie konnte er in diesem Zusammenhang von ihrem geliebten Maisfeld sprechen!

»Hab keinen Hunger«, sagte Nele und wandte sich zum Gehen. Sie schüttelte die Blätter in der Hand. »Morgen sprechen wir darüber.«

*

Als Nele nach Hause kam, ging sie gleich nach oben in ihr Zimmer, um die Internetseiten dort in Sicherheit zu bringen. Auf keinen Fall durfte Oma sie zu Gesicht bekommen. Dann ging sie erst mal nach unten, um Oma Hallo zu sagen. Schließlich war sie den ganzen Nachmittag unterwegs gewesen.

Oma Heufeld saß im Wohnzimmer. Die rote Decke lag nicht mehr auf dem Esstisch, dafür hatte sie ihre Nähmaschine aufgebaut. Ein brauner Nähkorb stand daneben. Oma saß an der Maschine und nähte mit Bedacht. Ihre Mundwinkel waren herabgezogen, von der Nase bis zum Kinn zeichneten sich zwei scharfe Furchen ab. Zwischen ihren Lippen steckte ein Strauß Stecknadeln mit bunten Köpfchen. Sie nähte so langsam, als fürchte sie, der Faden könne ihr ausgehen; als könne er länger reichen, wenn sie sich bemühte, nur wenig auf einmal zu benutzen.

Sie nähte an einem schmalen Teil, das aussah wie ein Ärmel. Auf dem Boden lag ein Hügel aus dem gleichen grünen Stoff. Jetzt wusste Nele auch, dass das grau-rosa Kleid aus ihrer eigenen Fertigung stammte.

»Bist du Schneiderin?«, fragte sie.

»Mein Hobby«, antwortete Oma. »Ich entspanne mich dabei ... Wo warst du?« Sie blickte nicht von ihrer Näherei auf.

»Mit Hans Fahrrad fahren.«

»Gut, vertreib dir nur die Zeit.«

Das Telefon schellte.

»Geh mal eben dran«, sagte Oma und blickte nur kurz von ihrer Näherei auf.

Es war Mama, die sich für den Blumenstrauß und das Bärchen bedankte. Sie hatte sich erzählen lassen, was Nele und Jan unternommen hatten, und fragte nach, wie die neue Hose sei und was sie heute Nachmittag noch getan hätten. Nele erzählte vom Fahrrad fahren. Von Wolfskuhlen und den Internetseiten sagte sie nichts.

»Schön, dass du dich gut mit Hans verstehst«, sagte Mama.

Nele hatte den Eindruck, dass sie ganz munter war, und sie versprach, Oma Mamas Gruß auszurichten.

Zurück bei Oma ließ sie sich auf die Couch fallen. Die Kissen waren noch verknüllt von Omas Mittagsschlaf. Im Zimmer schien keine Luft zu sein, es war dumpf und stickig. Sie dachte an die Blätter oben. Aber um sich in Ruhe verziehen und sie lesen zu können, musste sie erst noch ein bisschen mit Oma schwätzen.

»Kennst du den Baron von Loe?«, fragte sie.

»Nicht persönlich. Warum fragst du?«

»Wir sind an seinem Haus vorbeigekommen ... und an seinem Schloss ...«

»Jan hat es mir erzählt. Der alte Kasten! Alles vergangene Pracht! Der jetzige Baron ist der Schwiegersohn des Barons von Büllingen-Wevlighoven, ein altes Geschlecht, dem viel Land in der Umgebung gehörte. Meine Mutter hat von einer Begegnung mit dem alten Baron erzählt, als sie noch ein Kind war. Ihr Bruder wurde als Pfarrer in Budberg in sein Amt eingeführt. So etwas war damals ein feierliches Ereignis, an dem die Bevölkerung und die Vereine teilnahmen.«

Oma kam ins Erzählen. Die Nähmaschine surrte.

»Der Baron kam auch. Er saß in einem prunkvollen, mit rotem Samt bezogenen Sessel, der eigens für ihn herbeigeschafft worden war ...«

Nele konnte Omas Erinnerungen kaum folgen. Unruhig rutschte sie auf dem Sofa rum. Wieder fingen ihre Beine an, auf dem schwarzen Kunststoff zu kleben. Sie musste an die viel wichtigeren Informationen denken, die oben auf sie warteten.

»... Damals trugen Mädchen lange weiße Schürzen vorm Kleid«, hörte sie Oma sagen.

Von wem sprach sie? Von sich und ihrer Schwester Nelly? Nein, das konnte nicht sein. Die Zeiten, von denen sie erzählte, lagen ja noch weiter zurück.

»Wolfskuhlen, Oma. Woher kommt eigentlich der Name?«

»Na, es gab immer schon Kuhlen und Senken in der Niederrheinlandschaft. Und Wölfe hat es dann wohl auch dort gegeben.«

Oma nahm ihren Erzählfaden wieder auf. »Früher gab es eine Regelung, dass die Reichen, der Adel, an den König die Kosten für den Unterhalt seiner Soldaten zahlen mussten. Wie viel es war, hing von der Größe ihres Grundbesitzes ab. Der Baron hat darauf geachtet, dass er immer nur für eine Kompanie zahlen musste …«

Omas Stimme entfernte sich. Nele hatte die Augen geschlossen und hörte Wölfe heulen.

»Der Pfarrer … mit seiner Frau … auf sein Schloss eingeladen worden«, hörte Nele undeutlich.

Nele sah vor ihrem Halbschlafauge den Baron samt seiner Familie mit Taschentüchern huldvoll vom Balkon des Schlosses winken. Die Tücher wischten hin und her, und alles verschwamm dahinter … Plötzlich trat der süße Prinz William hervor, der Enkel der englischen Königin. Er lächelte und sah schüchtern zur Seite, wie er es immer tat …

Nele war eingeschlafen. Sie wurde davon wach, dass die Nähmaschine nicht mehr surrte. Erschrocken fuhr sie auf. Oma hielt den grünen Ärmel hoch und begutachtete ihn.

»Schluss für heute«, sagte sie und legte das Teil auf den Tisch. Sie nahm die Stoffbahnen vom Boden auf, faltete sie säuberlich und packte alles in den Wohnzimmerschrank. Die Nähmaschine stellte sie daneben. Sie legte die rote Tischdecke wieder auf und trat ans Fenster.

»Es ist eine Schande, wie verlottert jetzt alles auf Wolfskuhlen ist. Treibt euch nicht da herum, es ist gefährlich.«

»Ja, ja, Einsturzgefahr«, sagte Nele. »Hat Jan dir von dem frisch gesprühten Satanistenzeichen erzählt?« Sie wollte endlich auf den Punkt kommen.

»Ja«, sagte Oma, »Jan hat so was erzählt. Aber von frisch gesprüht hat er nichts gesagt. So oder so: Bleibt da weg!«

»Jeder weiß was, aber keiner tut was«, stellte Nele trocken fest.

Oma öffnete das Fenster und ließ die kühle Abendluft hinein.

»Ach Kind! ... Guck mal, wie schön der Garten aussieht. Der Mond geht hinter dem Haus auf ... Der Mond ist aufgegangen ...«, begann sie mit einer leicht zittrigen Stimme zu singen. »Kennst du das Lied?«

»Ja«, sagte Nele. »Die goldnen Sternlein prangen ... Und dann kommt der Wald, der schwarz und schweigend steht. Das ist unheimlich, finde ich, genauso wie früher die Wölfe in den Kuhlen und alles, was sich heute auf dem Schloss abzuspielen scheint ...«

»Ach«, sagte Oma wieder, legte Nele den Arm um die Schulter und zog sie an sich. »Deswegen bleib lieber bei mir. Hier ist es schön und friedlich. Guck nur mal.«

Sie blickte weiter in den dämmrigen Garten hinaus und lächelte. »Riechst du die Blumen? Und das Gras?« Sie atmete tief ein und aus. »Keine zehn Pferde würden mich hier wegkriegen ... Und nun komm, ich hab noch Pizza im Tiefkühlschrank. Hawaii, Funghi oder Margherita?«

Nele entschied sich für Margherita. Sie schlang die Stücke in sich hinein, obwohl sie keinen großen Hunger hatte. Sie wollte endlich nach oben kommen. Danach sagte sie, ihr sei schlecht und sie wolle ins Bett.

»Siehst du«, sagte Oma, »was stopfst du auch so! Willst du eine Wärmflasche haben?«

»Danke«, sagte Nele. »Besser keinen Beutel auf den Bauch!« Und schon war sie aus der Tür.

Oben schnappte sie sich die Blätter und warf sich aufs Bett. Zwei lange Seiten erging sich jemand über schwarze Magie.

War es das Mädchen auf dem Logo? In der Magie gehe es um Macht, las sie. Es sei ein Mittel, um über andere Menschen zu herrschen. Nele verstand nicht alles. Vielleicht las sie zu schnell, aber sie konnte sich nicht zum Langsamlesen zwingen. Sie war zu aufgeregt. Einen Moment dachte sie über den Satz nach, schwarze Magie sei ohne Liebe und deswegen auch ohne Macht. Das widersprach doch dem, was sie gerade gelesen hatte! Eben hatte es noch geheißen, schwarze Magie sei Macht. Alles ziemlich verworren. Sie blätterte weiter und suchte nach den fett gedruckten Stichwörtern. Da war etwas! Bei dem Stichwort »Voodoo Ritual« fiel ihr Auge auf das Wort »Puppe«. Da stand genau, was Hans gesagt hatte. Nadeln wurden in die Puppe gestochen, um einer anderen Person Schmerz zuzufügen. Alles in Nele sträubte sich gegen diese Vorstellung. Aber sie musste weiterlesen. Und es kam noch schlimmer. »Wenn man die Puppe ganz durchbohrt, kann man die Person, an die man denkt, sogar töten.«

Nele zuckte zusammen. »Zum Beispiel ist jemand, der mit dem Zauber belegt worden war, später mit dem Auto gegen einen Baum gefahren und war tot.«

Nele schmiss die Blätter auf den Boden und schlug die Hände vors Gesicht. Sie wollte nicht weiterlesen. Das war ja entsetzlich!

Sie stand auf und ging im Zimmer auf und ab. Wenn einer gegen einen Baum fuhr, war das dann nicht, weil Glatteis war? Oder weil er zu schnell gefahren war? Oder weil er betrunken war? … Oder alles zusammen?

Sie fühlte sich ganz elend vor Aufregung. Wie stark musste einer einen anderen Menschen hassen, um auf solche Gedanken zu kommen! Sie hatte Hans gefragt, ob er einem Menschen Schmerz zufügen wolle. Er hatte nicht nein und nicht ja gesagt. Jetzt fielen ihr plötzlich die Geschichten ein, die er von seinem Vater erzählt hatte. Hasste er ihn? Spielte er mit dem

Gedanken, ihm Schmerzen zuzufügen? ... Vielleicht sogar mehr als das ...?

Nele schlug wieder die Hände vors Gesicht. Was kamen ihr da für verrückte Gedanken! So etwas würde Hans nie tun. Sie schämte sich, dass sie überhaupt an so was gedacht hatte! Langsam wurde sie ja selber ganz verrückt von diesem ganzen bösartigen Zeugs!

Das würde sie Hans morgen sagen, dass einem dieser Krempel das Hirn vergiftete!

8.

Nele in Gefahr

Nele schlief unruhig. Am nächsten Morgen wachte sie um kurz vor acht auf. Sie hatte von Hans geträumt. Sie war mit ihm in einer Trümmerwüste über Mauerbrocken geklettert, von denen der Staub aufstieg. Es waren die Reste des in sich zusammengefallenen Schlosses Wolfskuhlen. Hans hatte etwas gesucht. Er entfernte sich immer wieder weit von ihr und hörte nicht, wenn sie nach ihm rief. Nele hatte Angst gehabt, ihn ganz aus den Augen zu verlieren. Dann tauchte er plötzlich wieder auf, und zwar meistens in dem Augenblick, wenn alles zu spät schien und sie dachte, nun sei er endgültig verschwunden. Lange Zeit lag sie wach und versuchte, den Traum zu deuten, aber es blieb ein Geheimnis darin verborgen.

Endlich fing draußen die Sonne an zu strahlen und vertrieb die dunklen Traumgespenster.

Sie wartete, bis sie Oma Heufelds Wagen den Hof verlassen hörte, schlang eilig ihre Cornflakes mit Milch in sich hinein und machte sich auf den Weg zu Hans hinüber. Aber er war nicht da, auch sein Vater nicht. Auf ihr Klingeln hin blieb es still im Haus. Die Lampe an der Haustür brannte. Sie ging um das Haus herum und probierte, ob die Terrassentür offen war. Diesmal war sie abgeschlossen. Sie ging nach Hause zurück und wartete. Vielleicht schlief Hans noch und hatte sie nicht gehört. Um die Zeit totzuschlagen, setzte sie sich vor den Fernseher und zappte durch die Programme. Schließlich blieb sie bei »Zwei allein« hängen. Sie geriet mitten in die

Handlung und hatte Mühe rauszukriegen, was eigentlich los war. Trotzdem guckte sie weiter.

Vielleicht würde Hans sie ja auch anrufen. Auch wenn ihr verboten war, ans Telefon zu gehen, solange Oma Heufeld nicht zu Hause war, in diesem Fall würde sie es trotzdem tun. Aber das Telefon klingelte nicht. Er musste fort sein.

Wo war er hin? Warum hatte er ihr nicht Bescheid gesagt? Wenn er sie so früh nicht hatte wecken wollen, hätte er ihr wenigstens einen Zettel an die Tür pinnen können.

Nele konnte es nicht mehr aushalten. Noch einmal wollte sie es drüben versuchen. Vielleicht war er für seinen Vater was besorgen und schon zurück. Hatte sie nicht benachrichtigt, weil es nicht lange dauern würde. Es war ja auch erst kurz nach zehn.

Die Lampe an der Haustür brannte noch immer. Sie hörte das Telefon drinnen, keiner ging dran. Dann war es wieder still. Vom Garten aus warf sie Steinchen gegen Hans' Fenster und rief seinen Namen.

Vor dem Haus knirschte der Kiesbelag des Weges. Sie drehte sich rasch um. Das musste Hans sein! Schnell rannte sie um die Hausecke. Da stand der Mann mit den ausgefransten Jeans und der Kappe auf dem Kopf, die er wieder verkehrt herum aufgesetzt hatte. In seinem Hemdausschnitt blitzte der Anhänger. Er ging wortlos an ihr vorbei auf die Haustür zu und schellte.

»Da ist niemand zu Hause«, sagte Nele aus sicherer Entfernung.

Er trat einen Schritt zurück und grinste sie an.

»Niemand zu Hause«, sagte er und wiegte sich in den Hüften. »Du hast ihn auch gesucht? Ich komme gerade hier vorbei und wollte mal einen Besuch machen.«

Nele sagte lieber nichts. Der Mann musterte sie mit seinen schlammigen Augen.

»Ich kenn dich«, sagte er. »Letztes Mal wollte ich dir einen Kaugummi schenken, aber du hast nicht gewollt.«

Wieder zog er einen Kaugummi aus seiner Hosentasche, streifte das Silberpapier ein Stück zurück und hielt ihn ihr hin wie einen Blumenstrauß, den man höflicherweise nicht ganz im Einwickelpapier überreicht.

Nele konnte sich nicht erinnern, dass der Fremde ihr den Kaugummi damals angeboten hätte. Jetzt ging sie lieber auf sein Angebot ein. Sie wusste nicht, wie sich diese merkwürdige Situation entwickeln würde, wenn sie ablehnte.

»Was für eine Sorte ist es?«, fragte sie und kam näher.

»Zitronengeschmack«, sagte der Fremde. »Stehst du auf was Besonderes?«

»Das wechselt«, antwortete Nele und fand, das Gespräch kam in normale Bahnen. »Zitrone mag ich auch.«

Sie ging noch einen Schritt auf den Mann zu und streckte ihm die geöffnete Hand entgegen. Er legte den Kaugummi hinein, und sie spürte seine sich langsam zurückziehenden Finger über ihre Handfläche gleiten. Er hatte lange Nägel, und es kitzelte. Plötzlich krallte er die Hand zusammen, seine Nägel gruben sich blitzartig für einen Moment in ihre Finger. Dann war es schon vorbei. Er sah sie lauernd an. Nele hatte reflexartig die Hand zurückgezogen. Überrascht trat sie ein paar Schritte zurück und schüttelte sich.

»Du bist wohl jetzt die Freundin von Hans, was? Du wohnst nebenan.« Seine Stimme schnurrte jetzt wie die einer Katze.

»Ich hab deine Stimme am Telefon gehört. Erinnerst du dich? Aber du bist enttäuscht, oder? Dein Freund hat dir nicht gesagt, wo er ist … Vielleicht ist er seine Mutter besuchen«, sagte er lauernd.

Also war es der Schlammäugige gewesen, der damals am Morgen angerufen hatte!

»Was wolltest du von mir? Warum hast du dich nicht gemeldet, als ich drangegangen bin?«

»Ich wollte nicht dich sprechen. Ich wollte die alte Frau sprechen, die in dem Haus wohnt.«

Ob er nicht wusste, dass Oma Heufeld morgens nicht zu Hause war? Das konnte sein. Er gehörte nicht zu Omas richtigen Bekannten. Aber warum hatte er dann nicht später noch einmal versucht, sie zu erreichen? Oma hatte nie erwähnt, dass der Schlammäugige sie angerufen hatte.

Vielleicht war es ja nichts Wichtiges gewesen, und er hatte es später wieder vergessen. Vielleicht konnte er seine Gedanken nicht ordentlich beisammenhalten. Schließlich behaupteten alle, er sei schwach im Kopf.

»Ich hab dich auch hinter eurem Küchenfenster gesehen.«

Nele wich zurück. Also spionierte er ihr nach! Sie glaubte ihm nicht mehr, dass er Oma hatte sprechen wollen. Mit diesem Satz hatte er sich verraten.

»Wie lange bleibst du?«, schleuderte der Schlammäugige ihr plötzlich entgegen.

Das klang wie eine Drohung. Nele wich weiter zurück.

»Ich muss gehen«, sagte sie. »Meine Oma wartet.« Langsam ging sie rückwärts. »Und ich wüsste nicht, was es dich angeht, wie lange ich bleibe!«

Sie war schon so weit von ihm weg, dass sie sich diese forsche Antwort erlauben konnte. Trotzdem fühlte sie sich auf einmal sehr allein und hilflos. Sie drehte sich um und rannte so schnell sie konnte heimwärts. Sie stieß die Haustür auf, zum Glück hatte sie sie angelehnt gelassen! Sie schmiss die Tür hinter sich ins Schloss und schloss zweimal ab. Dann stand sie und lauschte. Es blieb still. Keine Schritte vor der Tür. Er schien ihr nicht gefolgt zu sein.

Sie zwang sich zur Ruhe. Sie musste herausfinden, was das mit dem Schlammmann zu bedeuten hatte.

Er hatte zu Hans gewollt, und er hatte ihr deutlich zu verstehen gegeben, dass ihm ihre Anwesenheit hier lästig war.

Aber warum? War er irgendwie eifersüchtig auf sie? Aber Hans hatte nicht gesagt, dass Schlammauge ein Freund von ihm sei. Also konnte es das nicht sein. Ganz tief in ihr blieb ein ungutes Gefühl, was Hans und den Schlammäugigen anging.

Nele saß in der Küche und überlegte, was sie tun sollte. Das Wichtigste war jetzt, Hans aufzuspüren. Vielleicht war er ja tatsächlich bei seiner Mutter. Aber warum hatte er ihr gestern Abend nichts davon erzählt? Konnte er das vergessen haben? Schließlich hatte sie ihm beim Abschied gesagt, dass sie heute mit ihm über die Internetseiten sprechen wollte.

Oder war er doch eher mit den Jungs zusammen? Das war ja auch noch eine Möglichkeit. Ihr kam plötzlich der Verdacht, dass die drei einmal allein Spaß haben wollten, ohne das kleine Mädchen.

Wahrscheinlich waren sie angeln. Oder skaten? Das konnte sie herausfinden. Jedenfalls würde sie nicht hier zu Hause hocken und abwarten, dass die Jungs wieder auftauchten! Plötzlich merkte sie, wie gekränkt sie war. Nein, es war nicht fair, sie einfach abhängen zu wollen!

Auf zur Gärtnerei! Als Erstes da nachsehen! Gut, dass Jan ihr das Board mitgebracht hatte! Sie klemmte es sich für alle Fälle auf den Gepäckträger und raste los. Nach zehn Minuten erreichte sie über die große Kreuzung, an der sie mit Oma nach Moers abgebogen war, das Gelände mit den Gewächshäusern. Die Pipe auf dem Hof ragte in den Himmel. Von den Jungs keine Spur. Vor einem der Gewächshäuser standen Paletten mit Herbstastern und kleinwüchsigen Dahlien. Aus einem Anbau hörte sie Geräusche. Nele schob den schweren Türflügel ein Stück beiseite und sah den dunkelhaarigen Mann im blauen Overall, Matzes Vater. Sie hatte ihn schon beim ersten Mal von weitem gesehen, als sie mit den Jungs geskatet hatte. Er hatte eine Frisur wie ein Topfkratzer und spritzte Pflanzen in niedrigen Blechwannen ab, die auf hohen Beinen standen, die ihm bis an die Hüfte reichten.

Er musste sie gehört haben, denn jetzt drehte er sich zu ihr um.

»Verkauf ist nur noch in den neuen Treibhäusern«, sagte er. »Weißt du das nicht?«

Er sprach Deutsch mit holländischem Akzent.

»Ich wollte keine Blumen kaufen«, erklärte sie. »Ich suche die Jungs.«

»Matthias und Robert sind bei den neuen Gewächshäusern die Rheinberger Straße runter. Sie topfen um und karren Erde weg. Wollen sich in den Ferien was verdienen.«

»Und Hans?«

Der Mann hatte sich wieder seinen Pflanzen zugewandt. »Der ist nicht dabei. Vielleicht braucht er kein Geld.«

Er stellte die Spritze ab, ging zu den großen Fenstern und fing an, Kordeln zu lockern, die um Haken gewunden waren. Riesige luftige Planen entrollten sich unter dem Dach. Im Treibhaus breitete sich langsam grüngolden schimmernde Dämmerung aus. »Zu viel Sonne diesen Sommer«, sagte Matzes Vater und wischte sich den Schweiß von der Stirn.

Nele merkte erst jetzt, wie heiß es tatsächlich hier drin war. Eine feuchte Hitze, die sich ihr auf die Brust legte.

»Tschüss dann und danke«, sagte sie und quetschte sich durch den Türspalt hinaus.

»Doei«, sagte der Mann, *»graag gedaan«, was sicher »tschüss« bedeutete und »gern geschehen.«*

Robber und Matze konnte Nele also vergessen. Sie waren arbeiten. Davon hatten sie vorher mit keinem Wort gesprochen. Jedenfalls war Hans nicht bei ihnen, und sie waren nicht alle zusammen ohne sie angeln gegangen.

Es gab zwei Möglichkeiten. Entweder war er bei seiner

Mutter, oder er trieb sich in Moers rum. Aber … konnte er nicht auch in Wolfskuhlen sein?, kam Nele plötzlich eine Idee. Er hatte sich zwar heftig gewehrt, mit *ihr* dort hinzugehen, aber vielleicht wollte er es sich noch mal allein anschauen, nach allem, was sie davon erzählt hatte.

Als sie an Schönwalds Haus vorbeikam, warf sie noch einmal einen kurzen Blick in die Einfahrt. Das Haus lag verlassen wie zuvor da, die Lampe brannte immer noch.

Die Wolfskuhlenallee war leer, keine Radfahrer heute Morgen, kein Auto. Nele wollte zuerst lieber die Umgebung in Augenschein nehmen. Sie schob ihr Rad vorsichtshalber etwa hundert Meter vor dem Schloss über einen zugewucherten Straßengraben ins Gebüsch, damit es keiner sehen konnte. Sie zwängte sich mit ihm durch sperrige Zweige und riskierte, dass sich Dornen in die Reifen pieksten. Egal. An einer kleinen, ebenen Grasstelle hinter Büschen legte sie es flach auf den Boden. Dann drang sie tiefer in das niedrige Dickicht ein. Sie hatte den Plan, sich durch das umliegende Gelände dem Haus von hinten zu nähern. Sie kämpfte sich durch Brombeerranken und Niederholz, bog Zweige beiseite und umging Gebüschgruppen, die undurchdringlich waren. Ab und zu verfing sich ein dürrer Zweig in ihrer Hose und zerbrach mit einem hellen, trockenen Knacken. Sie hatte zum Glück heute Morgen ihre alte Jeans angezogen. Wenn die kaputtging, war es kein Verlust.

In ihrem Hemd hakten sich Dornenranken fest. Immer wieder musste sie stehen bleiben, um sie vorsichtig zu lösen. Dann peitschte ihr trotz aller Vorsicht doch ein Zweig ins Gesicht, haarscharf am rechten Auge vorbei. Sie versuchte, den scharfen Schmerz an der Schläfe zu verreiben. Dabei spürte sie, dass Dornen in ihrer Hand steckten, die tief ins Fleisch eingedrungen waren. Sie betrachtete die schwarzen Punkte. Gerötet war noch nichts. Einen Dorn, der noch ein bisschen aus der Haut ragte, versuchte sie zu fassen und herauszuziehen. Aber ihre Nägel waren zu kurz und ihre Finger zittrig.

Als sie immer tiefer in das dicht zugewachsene Gelände vorstieß, kam sie plötzlich auf einen Pfad, nur fußbreit, der die ganze Zeit parallel zu ihr verlaufen sein musste. Sie sah sich um und stellte fest, dass sich mehrere gleichartige Pfade rechts und links durchs Dickicht schlängelten und hier trafen. Ein richtiges System von Schleichwegen. Sie befand sich jetzt etwa in Höhe des Hauses, denn etwas Weißes schimmerte rechts durch das lichtere Laubwerk der hohen Bäume, die das Unterholz um zehn, zwanzig Meter überragten. Es musste die Breitseite des Schlosses sein. Sie musste noch ein Stück weiter, wenn sie ganz von hinten heranwollte.

Es knackte im Gebüsch. Nele blieb einen Moment stehen und lauschte. Stille. Hoffentlich war es nur ein Tier gewesen. Der Weg, auf dem sie sich jetzt befand, sah aus wie ein altes überwuchertes Bachbett. Es war ganz trocken. Sie kroch unter niedrigen Zweigen hindurch. Einmal erkannte sie einen Vogelkirschbaum am Rand des Pfades, in dessen Krone ein Vogel in die tiefe Waldesstille hinein tirilierte. Der Vogel pfiff hartnäckig immer wieder die gleiche Tonfolge. Nele verspürte ein Gefühl der Unwirklichkeit, als wolle er ihr etwas sagen, was sie nicht verstand.

Der alte Bachlauf schlug einen Bogen. Er könnte einmal ein Wassergraben gewesen sein, der um das Herrenhaus lief. Tatsächlich sah sie weiter hinten eine alte Holzbrücke ohne Geländer.

Unversehens lichtete sich vor ihr das Unterholz. Neugierig ging sie geradeaus auf die Helligkeit zu. Kurz darauf stand sie vor einer überraschend friedlichen Landschaft. Eine offene Wiese, hinter der sich im Sonnenlicht Weiden und Äcker ausbreiteten. Sie hielt die Hand schützend vor die Augen. Die heiße Luft vibrierte über den Feldern, alles sah ganz verschwommen aus. In der Ferne funkelten kurz die Scheiben eines Autos auf, das eine Straße entlangfuhr und sich in Staubwolken gehüllt entfernte. Weiter fort erkannte sie Pferde, klein wie Spielzeug, die auf einer Koppel grasten. Die Sonne hing wie ein Brennspiegel am blassblauen Himmel, und jenseits der Koppeln flimmerten und zitterten flache Wälder in graublauem Dunst. Hoch oben durchschnitt ein Flugzeug den Sommerhimmel. Das war das einzige Geräusch, das zu hören war. Oma hätte ihre Freude an dieser schönen Ansicht gehabt. Nele erschien sie plötzlich beängstigend still, so als warte ein großer Schrecken nur darauf, loszubrechen. Sie trat einen Schritt zurück in den Wald.

Dicht um ihren Kopf begannen Mücken zu sirren. Vergeblich schlug sie nach ihnen. Sie wichen aus, um gleich wieder in einem Schwarm vor ihrer Stirn zu tanzen.

Das Gelände vor ihr fiel leicht ab bis zu einem schmalen Streifen von frischem Grün, der die Wiese von den Weiden trennte. Es war wohl wieder ein Bachlauf. Sie blickte nach rechts. Eine Art Schuppen stand in einiger Entfernung rechts am Waldrand. Immer im Schutz des Waldrands konnte sie es wohl wagen, sich dorthin auf den Weg zu machen. In einem Bogen würde sie von dort aus wieder zum Schloss gelangen, ihrem eigentlichen Ziel.

Es ging über unebenes Grasbuckelgelände. Der Weg im Freien an dem Bach entlang wäre wahrscheinlich einfacher gewesen. Aber sie wollte ja nicht riskieren, entdeckt zu werden.

Endlich war sie bei dem Häuschen. Es war aus dunkelroten Ziegelsteinen mit einem breiten Ring festgestampfter Erde drum herum. Ein Tor hing schief in den Angeln. Es war mit einem großen Schloss gesichert. Ein Stück weit vom Haus entfernt stand ein Holzklotz mit den Spuren von Beilschlägen. Ein Stapel von gehacktem Brennholz war aber nicht zu entdecken.

Nele ging zu dem Klotz hinüber. Die Hackfläche war

braun verfärbt, auch an seinen Seiten liefen braune Streifen hinunter. Sogar die Erde ringsherum war dunkel getränkt. Nele wischte mit der Hand über die rillige Oberfläche. Etwas löste sich dabei ab; winzige braune, trockene Partikel schimmerten anschließend in ihrer Hand in der Sonne. Sie lagen leicht und spröde auf und ließen sich zum Teil wegpusten. Das konnte kein Eisenrost und auch keine Farbe sein. Eisenrost wäre staubiger gewesen, Farbe blättriger. Um den Hackklotz herum war die Erde blank und ebenfalls festgestampft.

Neles Blick schweifte in die Runde. Da bemerkte sie einen Kreis, der in einiger Entfernung tief in den Boden um den Holzklotz herum eingeritzt war. Sie bückte sich und untersuchte die Spur. Sie war frisch. Ein undurchdringlicher Wall von Brombeergebüsch schloss sich an den Grasrand an.

Sie stand auf, um nach einem Fenster zu suchen, das ihr einen Blick in den Schuppen erlaubte. Aber es gab kein Fenster. Sie konnte nur versuchen, einen Spalt in der Tür zu finden.

Schließlich fand sie ein Astloch, stellte sich auf die Zehenspitzen und äugte hinein. Drinnen schien es ihr zunächst einmal völlig dunkel zu sein. Aber durch Ritzen zwischen den Dachpfannen drang doch ein wenig Licht, und nach und nach konnte sie roh gezimmerte Bänke erkennen, die die Wände entlangliefen. In der Mitte des Raums war ein fünfzackiger Stern in den Erdboden geritzt! Nele hielt den Atem an. In zwei von den Sternzacken standen ein niedriger Kessel und ein Kelch, die matt im Zwielicht schimmerten. Eine Peitsche, ein Dolch und ein glatt polierter Stab lagen in den übrigen Spitzen. Eindeutig ein Pentagramm. Drum herum standen abgebrannte schwarze Kerzen. Das Wachs war auf den Boden getropft und dort verlaufen.

In Neles Kopf begannen sich langsam die Eindrücke zu Überlegungen zu sortieren. Ein Pentagramm, Zeichen der Satanisten. Darin ihr zum Teil bekannte, zum Teil unbekannte

Gerätschaften. Kelch und Kerzen kannte sie aus ihrer Kirche. Aber keine schwarzen. Dann die übrigen seltsamen Gegenstände. Wurden hier schwarze Messen gefeiert?

Dann entdeckte sie noch ein schlierig verfärbtes Beil, das an einer Bank lehnte. Es war ihrem Blick zunächst entgangen. Das Beil zum Hackklotz.

Es war Zeit, sich davonzumachen. Langsam schlich Nele hinter das Haus. Ihr Blick streifte einen Stapel Dachpfannen, der an der Hauswand aufgerichtet war. Sie ging darauf zu. In der obersten entdeckte sie den Rest einer dunklen, geleeartig geronnenen Flüssigkeit. Neben dem Stapel schien mehr davon verschüttet und ins Gras gesickert zu sein. Die Halme waren braun verklebt. Sie beugte sich vor, um die zähe Masse näher zu untersuchen.

Den Geruch, der ihr in die Nase stieg, kannte sie aus Metzger Stelters Laden zu Hause. Es war altes, verklumptes Blut.

Von diesem Geruch war ihr immer übel geworden. All die blutig roten Fleischstücke in den metallenen Schalen unter der Theke; all die Würste und Schinken an den blinkenden Haken vor den weißen Kacheln an den Wänden! Auf den Holzbrettern unter den Haken blitzten Beil und Messer, und die Bretter hatten blutige Spuren.

Stelter stand hinter der Theke in seinem blau-weiß gestreiften Kittel mit bis zu den Ellbogen nackten Armen. Seine feuchten, roten Hände hantierten mit den Fleischstücken. Die Tür zur Küche schwang auf. Mit Frau Stelter, die mehr Frischfleisch auf einer Platte brachte, drang ein Schwall von gekochtem Fleisch und Blut herein, süßlich, Übelkeit erregend.

Nele war ganz wirr im Kopf. War das vertrocknete Rotbraune auf und neben dem Hackklotz Blut gewesen? Sie betrachtete angeekelt die Handfläche, mit der sie darübergewischt hatte.

Da! Ein Knacken im Brombeergebüsch! Nele erstarrte.

Das Knacken im Unterholz wie auf dem Herweg! War ihr jemand gefolgt und belauerte sie bei allem, was sie hier trieb? Dann hatte sie sich diesem Jemand die ganze Zeit präsentiert wie auf einer Bühne!

Sie warf einen hastigen Blick in die Runde. Im Brombeergebüsch regte sich nichts, nicht ein Blättchen bewegte sich. Es war totenstill unter der brütenden Sonne. Von den überreifen Beeren kam ein süß-gärender Duft herüber.

Langsam zog sie sich vom Schuppen zurück. Als sie sich sicherer fühlte, begann sie in hohen Sprüngen über das Gras, das Unkraut und die Baumwurzeln zu setzen, bis sie die Niederung erreichte, die sich halbwegs eben und ohne Stolperfallen bis zu dem Bachlauf hinunterzog. Keuchend und mit Angstschweiß auf der Stirn kam sie unten an.

Der Bachlauf war ein flaches Gewässer mit morastigem Schlamm. Die Wasserstellen dazwischen waren zu stillen Pfützen geschrumpft, auf denen grüne Algenschleier lagen. Zwischen niederhängenden Zweigen hatte sich etwas Hellfiedriges verfangen. Nele hätte es nicht bemerkt, wenn nicht die Farbe zwischen all dem Grün und Braun auffällig gewesen wäre. Als sie näher kam, entdeckte sie, dass es ein kleiner weißer Tierkörper war, der zur Hälfte aus dem Wasser ragte. Auf dem aufgeblähten Bauch klebten ein paar armselige zerrupfte, verschmutze Federn. Unter dem Wasserspiegel schillerte ein abgespreizter Flügel. Nele bog vom Ufer aus die überhängenden Zweige auseinander. Sie erwartete, eine tote Ente zu sehen oder sonst einen Wasservogel. Endlich hatte sie den Blick frei. Eine gelbliche harte Kralle streckte sich an einem steifen Bein unter dem Bauch des Vogels unter dem Wasser aus. Es war ein Huhn, und das Huhn hatte keinen Kopf.

Voller Entsetzen wich sie zurück, hastete den Bachlauf entlang in die Richtung, aus der sie vorhin gekommen war. Immer wieder blickte sie sich um, ob ihr nicht jemand folgte.

Nur weg von hier! Dort, wo der Pfad in das Dickicht des Waldes beginnen musste, sprang sie quer über die Wiese. Sie hatte Glück. Nur wenige Meter weiter schlängelte sich der Weg ins Gebüsch. Raus aus der Sicht und hinein in den Wald! Dauernd hatte sie das Gefühl von Augen im Rücken, die sie beobachteten. Sie nahm eine Biegung nach rechts, folgte einer Abzweigung nach links, dann wieder rechts und wieder links. Sie wollte ihre Spuren verwischen. Irgendwann musste das Wegegeflecht ja auf die Straße führen.

Die Strecke kam ihr unerträglich lang vor, viel länger als auf dem Herweg. Vielleicht verlief sie sich, hatte bei dem dauernden Wegwechsel die Richtung verloren! Bald stolperte sie nur noch blindlings weiter. Plötzlich endete der Pfad abrupt vor einem dornigen Busch. Dahinter lag die Straße. Sie duckte sich und lief hin und her, um ihr Rad zu finden. Da blinkte der Lenker aus dem Gebüsch! Schnell war sie da und wollte es rasch herauszerren. Es hing ziemlich fest in den Ranken … Da fiel ihr Blick auf den Mann, der sich ganz nah bei ihr in einem Busch versteckt hielt. Geduckt, graublau gekleidet, ein blaues Käppi auf dem Kopf. Der Schlammmann! Das war das Knacken in den Brombeeren gewesen!

Nele erschrak fast zu Tode. Sie klammerte sich an das Rad, riss daran, aber die Ranken hielten es fest. Der Schlammäugige erhob sich langsam und trat ruhig hervor. Mit in die Hüften gestemmten Händen stand er da und spuckte ins Gras. In seinem Blick mischten sich Frechheit und Geringschätzung. Sie war in der Falle.

»Sehe ich dich schon wieder?«, fragte er drohend. »Was suchst du hier? Etwa deinen Freund?«

Er durchbohrte sie mit seinem Blick. Nele ließ ihr Rad fallen und wollte wegrennen. Aber sie verhedderte sich in den Ranken. Sie stolperte und wäre fast gestürzt. »Nein«, sagte sie leise und duckte sich.

Der Schlammäugige machte einen Schritt auf sie zu. »Ich hab gesehen, wie du hier rumschleichst«, stieß er zwischen den Zähnen hervor. »Was hast du gefunden? Einen alten Schuppen? Einen Hackklotz? Seltsame Dinge in dem Schuppen?« Seine Stimme war bei jedem Satz lauter geworden.

»Nein, nein!«, wimmerte Nele und hob abwehrend die Hände. »Ich hab nichts gesehen. Es war dunkel in dem Schuppen!«

Der Schlammäugige kam immer näher. Nele wagte nicht, sich zu bücken und ihren Fuß aus den Schlingen zu befreien. »Bitte!«, flehte sie. »Ich hab wirklich nichts gesehen!«

»Dein Glück!«, sagte der Schlammäugige und grinste breit. »Und wenn du doch etwas gesehen hast, rate ich dir, alles schnell zu vergessen. Besonders wenn du dir dabei was gedacht hast. Das besonders. Und erzähl niemand was davon. Auch nicht von mir.«

Er streckte den Stinkefinger in die Luft und schlug sich auf den Oberarm dabei. »Ein Wort von dir, und es passiert was! Und bleib von deinem Nachbarn fern! Hast du kapiert?«

Nele stand erstarrt und nickte. Sie hatte genau kapiert!

»Und jetzt zisch ab!« Der Schlammäugige riss das Fahrrad vom Boden und warf es auf die Straße. Dort lag es mit kreiselnden Rädern und ausgerissenen Ranken um Lenker und Pedalen.

Mit aller Kraft zerrte Nele ihren Fuß aus den Schlingen. Sie schnitten ihr tief ins Fleisch. Nele achtete nicht auf den Schmerz, stolperte wie blind auf die Straße und bückte sich nach ihrem Rad. Sie nahm sich nicht die Zeit, das Grünzeug aus den Speichen und Pedalen zu lösen, stieg auf und trampelte los, so schnell sie konnte. Sie sah sich auch nicht mehr um. Tränen liefen ihr die Backen hinunter, sie konnte kaum sehen. Als sie aus dem Wald kam, schlug die Hitze zu, prallte gegen ihre keuchende Brust wie ein Schild, der sie zurückdrängen wollte. Sie konnte kaum dagegen an. Ihr wurde schwindlig. Der Lenker taumelte vor ihren Augen. Aus den Augenwinkeln sah sie die grüne Wand der Maisfelder wogen. Ihre Beine hoben und senkten sich wie Roboterbeine. Gleich würde ihr Herz zerspringen!

Endlich sah sie das Haus. Ihre Rettung. Wie immer duckte es sich dunkel und friedlich zwischen den Feldern.

»Oma!«, schluchzte Nele, »Oma! Oma!«

Aber Oma war nicht da. Still standen die Möbel in der Küche, wie sie sie verlassen hatte. Der Wasserhahn tropfte in einen Topf, der schon halb voll Wasser war. Nele warf sich auf einen Stuhl. Wie betäubt schob sie ihr Frühstücksschälchen auf dem Tisch beiseite und stützte den Kopf in die Hände. Schweiß lief ihr übers Gesicht. Sie wischte ihn erst mit den Händen ab, dann nahm sie das Geschirrtuch zu Hilfe. Die Ärmel ihres Hemdes konnte sie nicht benutzen. Sie steckten wie die Hände voller Dornen.

Ihr wurde klar, dass sie Oma so nicht begegnen konnte, zerrissen und zerlumpt, wie sie war. Die Fleischwunde am Knöchel fing an zu pochen. Beim Fahrradfahren hatte sie keinen Schmerz verspürt. Oma würde fragen, wo sie gewesen sei. Sie würde sich nicht mit einer lahmen Erklärung abspeisen lassen. Nele war nicht in der Lage, sich eine überzeugende Lüge auszudenken. Der große Zeiger der Wanduhr zeigte halb eins. Sie musste sich beeilen.

Oben im Zimmer musterte sie sich im Spiegel über der Kommode. Es war schlimmer, als sie gedacht hatte. Außer ihrer zerfetzten Kleidung und den Wunden steckten Zweige in ihren Haaren, feuchte Strähnen hingen ihr ins Gesicht. Ihre Augen waren rot verweint. Sie besah sich ihre Hände. Hautrisse, und um die schwarzen Punkte von den Dornen fing die Haut schon an, sich zu röten.

Mit steifen, zittrigen Gliedern zog sie sich aus und stieg im

Bad unter die Dusche. Das heiße Wasser brannte auf ihren verletzten Händen, aber auf ihrem Rücken tat es gut. Nele konnte gar nicht genug von der Wärme bekommen. Als sie den Wasserhahn endlich zudrehte, war sie entspannt und müde. Sie zog ihre neue Hose und eine frische Bluse an. Der Hosenrand scheuerte an dem Riss über dem Fuß. Nele suchte in den Schubladen des Badezimmerschränkchens nach Pflaster, fand aber keins.

Auf dem Weg nach unten fiel ihr Blick im Flur auf ein altes Foto von Wolfskuhlen, das da neben dem alten Schrank hing.

Es zeigte die Rückseite von Wolfskuhlen mit Rasenflächen und himmelhohen Bäumen, einen herrschaftlichen Park. Damen und Herren standen in Grüppchen oder saßen an kleinen Tischen im Schatten. Zu Füßen einer Frau in einem fließenden Kleid lag ein schlanker Windhund.

Nele starrte lange auf das Bild. Wie heil war da die Welt gewesen! Und wie Furcht erregend war sie jetzt!

Sie ging in die Küche hinunter und setzte sich auf einen der weißen Stühle, ihre roten, geschwollenen Hände im Schoß, die Beine von sich gestreckt. »Tacktack«, machte die Küchenuhr. Die halb hochgezogene Jalousie klopfte gegen das Küchenfenster. Der Kopf sank ihr auf die Brust.

Auf einmal fürchtete sie sich. Das Klopfen der Jalousie, das Tacken der Küchenuhr, das grünliche Leuchten des Zifferblatts im Halbdunkel und … Schritte im Hof! Oma konnte es nicht sein, Nele hatte kein Auto gehört.

Nele spürte das Blut in ihrer Halsschlagader wummern.

War der Schlammäugige zurückgekommen? Hatte er noch nicht genug? Wollte er sie wieder quälen? Sie fühlte sich wie die Maus in der Falle. Die Tür ging. Sie hatte vergessen, abzuschließen! Schritte im Flur!

Da blitzte etwas Rosa-Graues durch die offen stehende Tür herein. Oma! Sie kam, beladen mit Tüten, und schob sich in die Küche.

»Oh, mein Gott! Oma, du hast mich gerettet!«, flüsterte Nele.

»Was sagst du? Hast du schon lang auf mich gewartet?« Oma packte ihre Einkäufe auf den Tisch.

»Nein«, seufzte Nele erleichtert. »Ich bin nur froh, dass du da bist!«

Oma sah sie erstaunt an. »Du meine Güte! So hast du dich gelangweilt?« Ohne eine Antwort abzuwarten, drehte sie sich zum Herd um und setzte Wasser in dem großen Topf auf. »Oder hattest du Hunger? Gleich gibt es Nudeln.«

Unter die Nudeln mengte Oma dann Corned Beef aus der Büchse. Nele schaute ihr müde und einsilbig zu. Oma war so beschäftigt, dass ihr nichts an Nele auffiel. Nur als sie aßen, hielt sie auf einmal inne und schaute auf Neles zerschundene Hände.

»Was ist denn mit deinen Händen passiert?«

»Öhh«, stotterte Nele. Dann fiel ihr was Gutes ein. »Ich war Brombeeren pflücken. Um Marmelade zu kochen, weißt du? Blöderweise ist mir zum Schluss der Eimer umgekippt, und fast alle Beeren sind zwischen die Grashalme gefallen. Ich hatte keine Lust mehr, sie rauszuklauben, und den Rest habe ich dann einfach aufgegessen …«

»Soll ich dir die Dornen rausholen?«, fragte Oma.

»Nee«, sagte Nele, »mach ich lieber selber. Das tut nicht so weh, wie wenn ein anderer es macht. Ich weiß ja, wo deine Nähnadeln sind … Ich hab mir an den Ranken auch den Fuß ein bisschen aufgerissen und im Bad kein Pflaster gefunden.«

»Die sind im Medizinschränkchen in meinem Schlafzimmer. Ich hol dir gleich eins. Besser, du tust auch Jod drauf, damit sich nichts entzündet. Und dann lass mal deine Wunden heilen. Das Spülen in dem fettigen Schmutzwasser ist nichts für deine Hände. Das mach ich.«

Nele war Oma dankbar. Sie fühlte sich so kaputt wie noch

nie in ihrem Leben. Sie ging auf ihr Zimmer und legte sich aufs Bett. Das Haus würde sie den ganzen Tag nicht mehr verlassen. Sie hoffte, dass Hans sich bei ihr melden würde, wenn er käme.

Schlafen konnte sie nicht. Immer hatte sie den schrecklichen Schlammmann vor Augen, wie er drohend auf sie zukam und näher und näher rückte. Und sie konnte nicht fliehen! Nele wälzte sich im Bett von einer Seite auf die andere. Sie versuchte, sich mit lesen abzulenken. Aber ihren Harry Potter legte sie schnell wieder beiseite. Gruselige Geschichten konnte sie heute nicht mehr verkraften. Was sie selber erlebt hatte, übertraf alles. Es war Wirklichkeit gewesen und keine Phantasie.

Es dauerte lange, bis der Schock, unter dem sie stand, endlich nachließ.

Für Nele stand fest, dass sie die Spuren von Teufelsjüngern entdeckt hatte. Der Schlammäugige hing da mit drin, sonst hätte er sie nicht bedroht.

Aber wo war die Verbindung zwischen dem Schlammäugigen und Hans? Es musste eine geben. Er besuchte ihn. Er kontrollierte, ob sie mit ihm zusammen war. Hatte er Angst, dass Hans ihr ein Geheimnis verraten würde?

Eine richtige Freundschaft zwischen Hans und dem fiesen Kerl konnte sie sich nicht vorstellen. Noch dazu war er ja viel älter als Hans.

Sie hätte jetzt gern mit Caro gesprochen. Vielleicht hätte die ihr weiterhelfen können. Aber Caro war ja leider im Urlaub.

9.

Robber

Am Abend versuchte Nele es doch noch einmal bei Hans, aber er war immer noch nicht zu Hause. Lange saß sie auf den Stufen zu seiner Haustür. Der Himmel wurde blau wie Flieder. Ausgefranste, rot glühende Streifen lagen quer über den Maisfeldern. Es wurde dunkel, und Nele ging nach Hause.

Am nächsten Morgen war Hans immer noch nicht da. Sie hielt es nicht mehr aus. Vielleicht wusste Robber was. Sie erwischte ihn gerade noch am Telefon, ehe er das Haus verlassen wollte.

»Nö«, sagte Robber auf ihre Frage, »ich hab nichts von Hans gehört. Ich hab ihn auch noch nicht vermisst. Matze und ich sind voll beschäftigt. Wir arbeiten morgens in der Gärtnerei.«

»Ich weiß«, sagte Nele. »Ich dachte auch eher an den Nachmittag.«

»Nö«, sagte Robber wieder. »Gestern war ich total müde. Ich hab nichts mehr gemacht. Ich hab auf meinem Bett gelegen und Musik gehört. Wahrscheinlich ist er bei seiner Mutter. Die besucht er oft. Frag doch mal bei seinem Vater nach. Oder ist dir etwa langweilig und du rufst deswegen an? Wie wär's heute Nachmittag mit Tischtennisspielen, hast du Lust?«

»Och«, sagte Nele und zögerte. Sollte sie ihren Wachposten aufgeben? Andererseits … vielleicht kam sie beim Tischtennisspielen auf andere Gedanken.

»Gut«, entschloss sie sich. »Wo wohnst du? Ich komm mit dem Rad.«

Robber beschrieb ihr den Weg nach Budberg, und nach dem Mittagessen fuhr Nele los.

Robber nahm sie mit auf einen Schulhof, wo es zwei steinerne Tischtennisplatten gab.

»Ich bin nicht gut«, gestand Nele.

»Aha!«, sagte Robber. »Na, egal. Dann schaun wir mal. Lass uns einfach anfangen.«

Nach einer halben Stunde und einigen verlorenen Partien war klar, dass Neles Können eher mittelmäßig war. Aber sie war schnell, rannte flink wie ein Wiesel von rechts nach links. Bald war sie ganz außer Atem, gab aber nicht auf, sondern blieb hartnäckig, konzentrierte sich aufs Äußerste. Robber trieb sie, fing an, die Bälle zu schneiden, schmetterte. Er wollte sie unbedingt besiegen.

Nele stolperte und fiel aufs Knie. Sie zog die Luft ein und hielt den Atem an, bis sie rot im Gesicht wurde. Dann war der erste heftige Schmerz auch schon vorbei.

»Nicht schlecht! Du hängst dich rein«, urteilte Robber großzügig. »Aber wir machen jetzt besser Schluss ... Woher hast du denn die vielen Kratzer an den Händen?«

»Von Brombeerranken.«

Robber legte den Arm um ihren Hals und versuchte, sie an sich zu ziehen.

»Lass das!«, wehrte sie sich. »Spinnst du, oder was?«

»Bist du richtig mit Hans zusammen?«, fragte Robber und sah sie neugierig an. »Ich meine, ich hab gesehen, wie du dich auf dem Fahrrad an ihn gekuschelt hast.«

»Nö«, sagte Nele verwirrt. »Das war nur, um die Balance zu halten.«

»Warum rennst du ihm dann nach? Warum telefonierst du rum, um rauszufinden, wo er ist?«

Auf einmal konnte Nele nicht mehr. »Ich mach mir Sorgen um ihn.«

Jetzt war es raus. Sie konnte das alles nicht mehr allein mit sich rumtragen. Sie musste mit jemandem darüber sprechen.

»Warum denn?«, fragte Robber verblüfft.

»Weil ich was rausgefunden habe«, sagte Nele zögernd. »Kann ich mich drauf verlassen, dass du dicht hältst?«

Robber nickte. »Hundertpro.«

»Weißt du, was auf Wolfskuhlen abgeht?«

»Was denn?«

»Dass dort irgendwelche komischen Treffen stattfinden?«

Robber schaute zweifelnd.

»Ich bin am Samstag mit Jan, meinem Vater, an der Ruine gewesen. Wir haben ein frisch aufgesprühtes umgedrehtes Pentagramm in einem Kellerraum an der Wand entdeckt.«

»Ein umgedrehtes Pentagramm? Im Keller? Wart ihr drin?«

»Nein. Wir haben nur durchs Fenster geguckt«, sagte Nele ungeduldig. »Unterbrich mich nicht immer. Es geht noch weiter. Gestern Morgen bin ich noch mal allein hingegangen. Kennst du die Hütte ein Stück weit hinter dem Schloss im Gebüsch?«

Wieder nickte Robber.

»Weißt du auch, was drin ist?«

»Früher waren alte Geräte vom Baron darin. Was man so für die Arbeit auf den Feldern braucht.«

»Jetzt nicht mehr. Ich hab durch einen Spalt gelinst und eine Menge komische Gegenstände gesehen. Und das Merkwürdige ist, sie standen alle in einem in den Boden geritzten Stern.«

»Ein Stern? Und was für Gegenstände?«

»Ein Kelch, ein Dolch, ein Stab, ein Kessel, eine Peitsche. Drumherum schwarze abgebrannte Kerzen … Da wurden schwarze Messen gefeiert, garantiert!«

»Du spinnst doch!«, sagte Robber und hob abwehrend die Hände.

»Hör weiter zu. Vor der Hütte hab ich einen Kreis entdeckt. In der Mitte stand ein Hackklotz mit getrocknetem Blut drauf.«

»So was wie ‘n magischer Kreis oder wie das heißt? Und Blut auf einem Hackklotz?« Robber schaute sie weiter zweifelnd an.

»Getrocknetes Blut war auch hinter der Hütte im Gras. Es kann nicht sehr lange vorher dort ausgeschüttet worden sein.«

»Ha! Wahrscheinlich hast du auch eine geschlachtete Katze gefunden?«

»Nein, aber ein Huhn, dem sie den Kopf abgeschlagen haben!«

Nele war wütend geworden. Robber wollte sie nicht ernst nehmen. Seine Augen waren voller Spott und Abwehr.

»Du glaubst doch wohl nicht, dass ich mir das alles aus den Fingern sauge?«, fragte sie eingeschnappt.

»Also ein Huhn ohne Kopf.« Robber tat so, als wolle er ihr glauben. »Nehmen wir an, es war so. Du wolltest darüber natürlich sofort mit deinem Freund Hans sprechen. Und nur, weil er nicht zur Verfügung steht, kommst du damit zu mir. Soll ich mich dafür bedanken?«

»Robber! Ich hab noch nicht zu Ende erzählt! Du kennst doch sicher auch diesen Darling Joe.«

Robber nickte. »Klar.«

»Dieser Typ hat mich gestern in Wolfskuhlen überrascht und bedroht.«

»Wie bitte?«

»Er ist nicht so harmlos, wie alle hier denken. Er hat gesagt, wenn ich ein Wort über das erzähle, was ich in der Hütte gesehen habe, würde was passieren. Und das war nicht so dahin gesagt. Er ist auf mich zugekommen, als würde er mir echt den Hals umdrehen wollen. Außerdem hat er eine Kette mit einem Pentagramm-Anhänger an.«

Robber schien endlich Feuer zu fangen. »Was? Das würde

ja bedeuten, dass mindestens er was mit dem zu tun hat, was du dort gesehen hast. Dann hat er Angst, dass sie alle entdeckt werden.«

»Viel schlimmer ist, dass er auch was mit Hans zu tun hat. Und für mich scheint es gefährlich zu sein, dass auch ich was mit Hans zu tun habe.«

»Hä?«

»Ich weiß es ja auch nicht so genau. Aber so oft, wie der mir über den Weg läuft …«

»Siehst du ihn öfter?«, fragte Robber erstaunt. »Wann denn?«

»Kurz bevor ich ihm auf Wolfskuhlen begegnet bin, hatte ich ihn schon vor Hans' Haustür getroffen. Und früher schon mal an den Maisfeldern, aber das ist jetzt nicht so wichtig. Als er bei Schönwalds war, wollte er nicht zu Hans' Vater. Das steht mal fest. – Er ahnt oder weiß sogar, dass Hans und ich … irgendwie zusammen sind.«

»Ach!« Robber blickte sie enttäuscht an. »Eben hast du noch gesagt …«

»Ja, ja, aber darum geht's jetzt nicht … Darling Joe hat mich gefragt, wann ich endlich hier verschwinde. Der ist dauernd hinter mir her. Es war bestimmt kein Zufall, dass er auch in Wolfskuhlen war, als ich dort rumgeschlichen bin. Wahrscheinlich ist er mir gefolgt. Vielleicht hatte er mich schon mit Jan dort gesehen. Vielleicht hat er auch beobachtet, wie ich am Sonntag mit Hans da war. Wir hatten eine Fahrradtour gemacht und sind an Wolfskuhlen vorbeigekommen. Aber Hans hat mich davon abgehalten, reinzugehen. Er wollte es absolut nicht. Vielleicht wusste er, dass Darling Joe dort war, und er wollte nicht, dass er ihm dort mit mir zusammen begegnet.«

Nele fuhr sich mit den Händen durch die Haare. Sie war ganz blass geworden.

Robber blieb ruhig. »Kann ich nichts zu sagen«, sagte er schließlich. »Meinst du nicht, deine Phantasie geht mit dir durch? … Schade übrigens, dass du dich für Hans entschieden hast, wenn ich das mal bemerken darf. Mit mir hättest du nicht solche Probleme.«

»Ach, Robber! Ich mag ihn halt total. Aber dir vertrau ich. Natürlich kann ich nichts beweisen. Aber irgendetwas muss zwischen Hans und diesem Darling Joe sein … Was ist das überhaupt für ein bescheuerter Name, der passt ja wohl überhaupt nicht!«

»Weiß ich nicht.« Robber zuckte mit den Schultern.

»Ach, und da ist noch was. Ich hab bei Hans Internetseiten gefunden, in denen es um schwarze Magie geht. Es war Zufall. Ich weiß nicht, ob er sie mir sonst zu lesen gegeben hätte. Darin standen schreckliche Geschichten von Zaubereien. Dass man einem Menschen Schaden zufügen kann, indem man Nadeln in eine Puppe sticht und so was. Die Puppe stellt dabei den Menschen dar. Voodoo-Zauber nennt sich das.«

»Waas? Das ist ja abgefahren!«

»Man soll einen Menschen damit sogar töten können. Mit so was beschäftigt sich Hans! Er hat gesagt, er fände das interessant! Robber, ich hab Angst. Er gerät da in was rein!«

Schweigen. Nachdenken. Nele sah förmlich, wie sich die Gedanken in Robbers Kopf wälzten.

»Wenn er nicht schon drin ist«, sagte Robber endlich.

»Du glaubst es auch? Einmal haben wir über Gott und den Teufel geredet. Ich kann da jetzt nichts Näheres zu erzählen, das hab ich ihm versprochen. Auf jeden Fall hält er nichts von Gott. Eher vom Teufel …«

»Nele! Gott und Teufel! Wer unterhält sich denn über so was!«

»Irgendwelche Leute hätten ihm gesagt, der Teufel sei zuverlässiger als Gott, wenn man ihn um etwas bittet. Das hat ihn fasziniert. Das waren bestimmt die aus Moers.«

»Hans hat mehr mit denen zu tun, als er vor uns zugegeben

hat«, stellte Robber fest. »Am gefährlichsten finde ich diese Zaubergeschichten«, fuhr er fort. »Glaubst du denn, dass Hans einem Menschen was Böses antun würde?«

»Ich weiß es nicht. Ich glaube nicht!«

»Wenn ich so überlege, ist er in letzter Zeit wirklich komisch geworden ... Glaubst du, er hat was gegen Matze oder mich?«

»Nein«, sagte Nele entschieden. »Das kann ich mir nicht vorstellen.«

»Und was machen wir jetzt?«

Nele zuckte mit den Schultern. »Das frag ich mich schon die ganze Zeit. Aber mir fällt nichts ein. Wenn ich ihn sehe, kann ich ihn vielleicht dazu bringen, mir alles zu erzählen. Ich werd wohl weiter das Haus beobachten.«

Robber dachte nach. »Hm, vielleicht hast du Recht. Er ist verknallt in dich. Wenn du meine Hilfe brauchst, weißt du, dass du auf mich zählen kannst.«

Nele seufzte erleichtert auf. »Ich hab gehofft, dass du das sagst. Ich wusste, dass ich mich auf dich verlassen kann ... Und sprich bitte nicht mit Matze darüber«, bat sie. »Die Sache ist viel zu kompliziert und verrückt, um mehr Leute darin einzuweihen. Ich glaube auch, Matze würde bei so was zu viel kriegen.«

»Geht klar. Und jetzt komm, ich bring dich besser nach Hause. Für den Fall, dass Darling Joe wieder aus dem Gebüsch springt.«

*

Ein weiterer Tag verging, an dem Nele Hans nicht zu Gesicht bekam. Am Donnerstag hielt sie es nicht mehr aus und rief bei Schönwalds an. Sie hatte mitbekommen, wie Herr Schönwalds Auto in den Hof fuhr. Sie fragte ihn, wo Hans denn so lange sei, und Hans' Vater antwortete, er sei bei seiner Mutter.

»Wenn er am Samstag nicht zurück ist, wird er unseren Angelausflug verpassen«, sagte Herr Schönwald. »Ich kann nichts dran ändern. Er muss selbst wissen, was ihm wichtiger ist.«

»Den Angelausflug?«

»Ja, Samstag geht es los. Wir beide haben doch darüber gesprochen. Ich hätte dich morgen angerufen und auch Frau Heufeld Bescheid gesagt. Matze und Robber sind mit von der Partie. Wir bleiben über Nacht am See.«

»Oh! Und Hans?«

»Sagte ich ja schon. Entweder ist er hier oder nicht. Ich telefonier nicht hinter ihm her.«

»Hat er denn davon gewusst?«

»Er weiß, dass ich am Wochenende zu Hause bin. Er hätte ja mal was von sich hören lassen können.«

»Soll ich ihm denn Bescheid sagen? Ich könnte ihn doch anrufen.«

»Nein, Frolleinchen. Er muss selbst wissen, was sich gehört. Entweder er ist da oder nicht.«

Nele wagte nicht, das Thema zu vertiefen. Herr Schönwald schien ärgerlich zu sein. Er hatte deutlich zu verstehen gegeben, sie solle sich nicht einmischen. Dabei hätte sie zu gern gewusst, wo Hans' Mutter wohnte. Dann hätte sie ihn vielleicht doch heimlich benachrichtigen können. Aber es war jetzt unmöglich, Herrn Schönwald danach zu fragen.

»Dann freu ich mich auf Samstag«, sagte sie höflich. »... Es würde bestimmt mehr Spaß machen, wenn Hans dabei wäre.«

»Vielleicht kommt er ja deinetwegen«, lachte Herr Schönwald.

Nele rief Jan an, dass er nicht zu kommen brauche.

»Viel Spaß!«, wünschte er. »Ich hab noch Arbeit auf dem Schreibtisch. Dann kann ich das erledigen und hab Zeit für deine Mutter.«

»Wie geht es ihr denn inzwischen?«

»Langsam besser. Mach dir keine Sorgen!«

10.

Dicke Fische aus dem Lohheider See

Samstagmorgen ganz früh rief Herr Schönwald an. Hans sei da. Sie könnten jetzt los. Seine Stimme klang munter. Er schien zufrieden zu sein, dass Hans sich für das Wochenende mit ihm entschieden hatte.

»Aber vielleicht ist er doch nur deinetwegen gekommen«, sagte er, um sie zu necken.

»Unter Garantie!«, konterte Nele schlagfertig.

»Sag Frau Heufeld, sie soll den leckeren Kartoffelsalat machen. Bitte. Für die Würstchen sorge ich. Die Jungs holen dich ab. Ihr fahrt mit den Rädern. Ich bring das Angelzeug im Auto mit.«

Er hatte eingehängt, ehe Nele fragen konnte, wohin es gehe.

»Wie soll ich denn so schnell einen vernünftigen Kartoffelsalat hinkriegen!«, sagte Oma. »Der muss doch durchziehen können, damit er schmeckt!«

Hans war also wieder da. Nele hatte ein komisches Gefühl im Bauch. Einerseits freute sie sich sehr und war sicher, dass er sich dafür entschuldigen würde, dass er sie an dem Morgen, an dem sie verabredet gewesen waren, versetzt hatte. Auch dafür, dass er die nächsten Tage nichts von sich hatte hören lassen. Aber sie würde ihm schon sagen, wie enttäuscht sie von ihm war!

Nele war aufgeregt und musste sich zur Ruhe zwingen, während sie die gekochten Kartoffeln pellte und sie in Scheiben schnitt. Oma rührte inzwischen die Mayonnaise und würfelte die sauren Gurken und Äpfel. Als alles fertig und durcheinander gerührt war, durfte Nele abschmecken.

»Superlecker!«

Oma half ihr, den Rucksack zu packen. Unten rein kamen die beiden Tupperdosen mit dem Kartoffelsalat. Daneben passte noch die Mineralwasserflasche und oben drauf geschmierte Brote für alle Fälle. In die Seitentasche des Rucksacks steckte Oma noch Schokolade und Müsliriegel.

»Gib acht, dass die Schokolade nicht schmilzt. Verteil sie besser gleich, und esst sie bald auf.«

»Mein Badeanzug!«, fiel Nele ein, als sie den Rucksack zuschnürte. »Ich hab ja immer noch keinen Badeanzug!«

»Brauchst du auch nicht«, beruhigte Oma sie. »In der Sonne auf dem Wasser sind Shorts und T-Shirt sowieso besser gegen Sonnenbrand.«

Die Jungs klingelten schon mit den Fahrradschellen vor der Tür. Nele ging öffnen. Hans stand da mit seinen Freunden wie immer.

»Hey«, sagte er, »bist du fertig?«, und tat so, als sei alles ganz normal. In Nele kroch der Ärger hoch. So hatte sie sich das Wiedersehen nicht vorgestellt.

»Na? Hast du eine schöne Zeit gehabt?«, fragte sie spitz und wartete seine Antwort gar nicht erst ab. Sie ging an ihm vorbei zur Garage und holte ihr Rad. Seine erste Chance für eine Entschuldigung hatte er vertan!

»Wo angeln wir überhaupt?«, fragte sie demonstrativ Robber, als sie mit dem Rad wiederkam. Hans sollte sehen, dass er Luft für sie war.

»Am Lohheider.« Hans tat, als sei er gefragt worden.

»Das ist der Anglersee«, sagte Robber. Wir treffen uns mit Hans' Vater auf dem Gelände ›Petri Heil Repelen‹.«

»Das ist sein Angelsportverein«, schaltete Hans sich sofort wieder ein. Robber warf ihm einen genervten Blick zu.

Herr Schönwald war schon da, als sie kamen. Er verstaute bereits das Angelzeug im Boot. Nele hatte sich ein Anglerboot nicht so groß vorgestellt. Hans wollte am Ufer bleiben und das Zelt aufbauen, aber Herr Schönwald sagte, er solle mitkommen.

»Wir campen woanders«, sagte er. »Ihr könnt dann das Zelt hier abholen.«

Im Boot wurde es etwas eng mit allen. Auf keinen Fall wollte Nele neben Hans sitzen. Sie quetschte sich zwischen Matze und Robber, für Hans blieb der Platz am Heck des Bootes. Herr Schönwald wollte rudern. Er sagte, er könne es am besten, nicht zu schnell und nicht zu langsam, gerade so, dass die Köder sich wie lebende Fische im Wasser bewegen könnten. Die Rutenhalter wurden bestückt und die Köder ins Wasser geworfen. Es ging los.

Nach zwei Stunden brannte ihnen die Sonne auf die Köpfe. Nur Herr Schönwald trug einen Hut dagegen. Wann beißt endlich ein Fisch!, dachte Nele. Sie fragte, ob nicht ein Motorboot die bessere Lösung wäre, aber Robber klärte sie auf, dass nur Netzfischer mit Motorbooten rausführen. Mit Ködern mache es keinen Sinn. Und auf diesem See sei nichts drin mit Netzfischen.

Robber wechselte mit Herrn Schönwald den Platz. Das Boot kippelte ein wenig, und Nele konnte ein erschrecktes Quieken nicht unterdrücken. Sie klammerte sich an Matze.

»Keine Panik, mein Fräulein«, sagte Herr Schönwald. »In meinem Boot bist du so sicher wie in Abrahams Schoß.«

Nele kicherte hysterisch, und Matze sah sie wegen dieser typisch mädchenhaften Entgleisung strafend an. Hans öffnete den Mund, als wolle er etwas sagen, klappte ihn dann aber wieder zu. Wollte er sie verteidigen oder wollte er eine blöde Bemerkung loslassen? Hatte er nichts gesagt, weil sein Vater dabei war?

Nach einer weiteren Stunde ohne Anglerglück befahl Herr Schönwald Robber, eine Boje anzusteuern. Sie wollten daran festmachen. Als sie nah genug waren, stand er auf, um das Seil zu befestigen. Plötzlich neigte sich das Boot, und Herr Schönwald verlor die Balance. Er ließ schnell das Seil sausen, aber seine Versuche, das Gleichgewicht wieder zu finden, schlugen fehl. Kopfüber stürzte er über Bord und versank im Wasser. Nele schrie auf vor Schreck. Herr Schönwald kam wieder hoch und spuckte Wasser.

»Verdammt«, sagte er. »Wie konnte das denn passieren?« Mit ein paar Zügen war er am Boot und klammerte sich am Rand fest, sodass es sich wieder zur Seite neigte. Robber gab sich Mühe, ihm hineinzuhelfen. Es war schwierig mit dem schweren Mann in seinen nassen Klamotten. Matze und Nele versuchten inzwischen, das Boot im Gleichgewicht zu halten. Hans saß hinten und hatte die Hände rechts und links auf die Bootkanten gelegt. Sein Gesicht war undurchdringlich.

»So was ist mir ja noch nie passiert!«, keuchte Herr Schönwald, als er gerettet war. »Die Hitze hat mich wohl für einen Moment schwindlig gemacht. Aber ich habe noch Glück gehabt, so ein unverhofftes Bad kann böse ausgehen, wenn man so erhitzt ist!«

Er hatte seinen Hut verloren, der in einiger Entfernung auf dem Wasser dümpelte. Herr Schönwald wischte sich über seinen nassen Stoppelkopf. »Den fangen wir jetzt wieder ein!«

Sie drehten langsam. Die Angelschnüre folgten träge im Wasser. Es gab noch mal eine kritische Situation, als Herr Schönwald vergeblich versuchte, seinen Hut einzufangen. Nele biss sich auf die Lippen. Während Robber versuchte, das Boot in stabiler Lage zu halten, gab Hans seinem Vater Ratschläge.

»Halt den Mund!«, fuhr Herr Schönwald ihn ärgerlich an. Hans grinste bloß. Auch Nele fand, dass Hans' Kommentare bescheuert waren.

Endlich erwischte Matze den Hut, und sie zogen zur Boje zurück. Herr Schönwald machte einen zweiten Versuch, das Boot anzuleinen. Diesmal gelang es.

Dann kehrte Ruhe ein. Auf dem Echolot sah man die Fische unter dem Boot vorbeiziehen. Herr Schönwald erklärte Nele die Zeichen. Plötzlich war ein gebogener Strich sichtbar, ein Hecht, und alle gerieten in unterdrückte Aufregung. Und wer hatte das Glück, ihn an die Angel zu bekommen? Matze. Der Hecht hatte rasiermesserscharfe Zähne. Nele lernte, dass man ihm nicht zwischen die Kiemen fassen dürfe, um sich nicht zu verletzen. Der Körper des Fisches fühlte sich kalt und glitschig an.

»Eine Pose mit zwei Gramm Tragkraft, ein Wirbel Größe zwölf mit einem 16er-Haken im Vorfach. Diese Montage mit ein paar Schrotbleien austariert und als Köder drei Maden«, erklärte Matze das Geheimnis seines Erfolges.

Robber fing jetzt an, alle fünf Minuten seinen Köder zu wechseln. Wegen Matzes Anglerglück war er nervös geworden. Hans versuchte es mit Blinkern, hatte ein paar gute Bisse, konnte aber keinen Fisch landen.

Robber erlaubte Nele, nach seinen Anweisungen einen Wurm auf seinen Haken zu spießen, aber sie zerfleischte ihn, bis er als Köder nicht mehr zu gebrauchen war. Herr Schönwald tröstete sie, von wegen aller Anfang sei schwer. Da packte sie die Schokolade aus, die natürlich fast geschmolzen war.

»Fängst du morgens einen Barsch, ist der ganze Tag im Arsch«, sagte Herr Schönwald nach vier Stunden. Nele kannte den Spruch.

»Diesmal ist es ein Hecht gewesen. Trotzdem scheinen wir kein Glück zu haben. Jedenfalls heute nicht mehr, nicht im Boot.«

Damit war das Angeln auf dem See beendet. Herr Schönwald zeigte zum Himmel. Das Wetter hatte sich geändert.

Noch war der Himmel blau über dem See, aber in der Ferne, nach Westen hin, hatte sich eine graue, dunstige Wolkenbank aufgetürmt.

Herr Schönwald ruderte zum Ufer zurück. Vom Boot aus hatte er einen Platz ausgemacht, wo sie das Zelt aufbauen konnten.

Es war eine winzige Bucht mit einem schmalen Sandstreifen, dicht umgeben von schützendem Gehölz; dahinter stieg das Ufer steil an. Man konnte keinen Zugang von oben zu der Stelle erkennen.

Herr Schönwald landete das Boot an und vertäute es an einem der Bäume, die im Wasser standen. Die Jungs wussten, was sie zu tun hatten. Sie kletterten den Hang hinauf, um das Zelt vom Vereinsplatz zu holen.

Während Herr Schönwald mit dem Anglerzeug hantierte, kümmerte sich Nele um die Essensvorräte. Für die pisswarmen Wasserflaschen buddelte sie im seichten Wasser Löcher in den Sand.

Mit Hans hatte sie bisher kein Wort geredet. Es hatte sich keine Gelegenheit dazu ergeben.

Oben hörte sie endlich die Stimmen der Jungs. Matze und Robber mühten sich ab, den schweren Zeltsack die Böschung runterzuschleppen. Robber strauchelte, der Sack rutschte ihm aus den Händen. Herr Schönwald, der sich das Ganze betrachtete, warf den Kopf in den Nacken.

»Kannst du nicht helfen?«, schrie er zu Hans hinauf. »Schon mal was von Teamgeist gehört?«

»War gerade dabei!«, rief Hans wütend zurück und hob den Zeltsack in der Mitte an. »Komm, Robber. Jetzt packen wir es.«

Zu dritt bauten die Jungs das Zelt auf. Nele gab Seile und Haken an.

»Ich bleibe draußen«, sagte Herr Schönwald.

»Ich auch«, sagte Hans mürrisch.

Alle lagerten sich um den Plastiksack, auf dem Nele die Vorräte ausgebreitet hatte. Hans aß nur Butterbrote.

»Magst du keinen Kartoffelsalat?«, fragte Nele.

»Mein Sohn hat immer einen anderen Geschmack als alle anderen«, mischte sich Herr Schönwald ein.

»Kannst du mich vielleicht mal in Frieden lassen!«, fuhr Hans ihn aufgebracht an. »Oder stör ich hier?«

Nele fand, dass er sich zu Recht aufregte. Die Mäkeleien von seinem Vater vor den Freunden waren völlig daneben.

Hans stand auf, setzte sich mit seinem Brot ein Stück entfernt ans Wasser und drehte ihnen den Rücken zu.

»Wenn du fertig bist mit essen, kümmer dich um die Angeln!«, rief Herr Schönwald hinter ihm her. Hans reagierte nicht.

Plötzlich fielen Nele die Puppen und im Zusammenhang damit der Sturz von Hans' Vater ins Wasser ein. Leise kam ihr ein schrecklicher Verdacht. War es möglich, dass Hans einen Zauber gegen seinen Vater ausprobiert hatte, um sich an ihm zu rächen? Herr Schönwald hätte einen Herzschlag kriegen und ertrinken können! Hatte Hans das sogar einkalkuliert? Ihr brach der Schweiß aus, ihre Hände fingen an zu zittern. Sie stand auf und machte sich an ihrem Rucksack zu schaffen.

»Suchst du was?«, fragte Matze.

Zum Glück stießen Neles Finger auf die Müsliriegel. Sie zog sie heraus und verteilte sie. »Hier, Nachtisch«, sagte sie.

»Willst du auch einen?«, fragte sie zu Hans hinüber, aber der gab keine Antwort. Also brachte sie ihm einen. Er blickte auf. Nele sah ihn forschend an und versuchte, seinen Blick festzuhalten. Aber er wich ihren Augen aus.

Der Himmel hatte sich inzwischen dunkel bezogen, das Wasser hatte einen matten Blaugrünton angenommen.

»Das Gewitter wird nicht hierhin kommen«, sagte Herr Schönwald. »Es ist zu weit weg.«

Er ging zu den Bäumen hinunter, wo er Maisbrei ausgeworfen hatte, um Karpfen anzulocken. Robber und Matze erzählten Anglergeschichten, schwelgten in Erinnerungen an gute Fänge. Nele sah vor ihrem inneren Auge silbrige Fischleiber, die sich aus dem Wasser hoben und an Land gezogen wurden. Dort zappelten sie wild und sprangen in die Luft. Sie ließ den Blick über den dunklen See schweifen.

Plötzlich nahm sie das Knacken von Zweigen in ihrem Rücken wahr. Sie wandte sich um und beobachtete den Hang. Eine Stelle im Gebüsch wurde heller. Etwas hatte sich gegen den Abendhimmel verschoben, der durch die Zweige schimmerte. Dann wieder das Knacken. Ihre Augen gewöhnten sich beim Hinstarren an das Dunkel. Sie konnte jetzt sogar einzelne Äste und unterschiedliche Grüntöne ausmachen. Da erkannte sie in dem Grün die schwarze Masse eines hockenden Menschen. Dann bewegten sich zwei helle Punkte, wie Augen, die ihre Blickrichtung ändern.

»Gib mir die Taschenlampe«, sagte sie hastig zu Robber. Robber, herausgerissen aus seinen Anglerschwärmereien, starrte sie verständnislos an. Matze hörte auf zu sprechen. Herr Schönwald hob den Kopf.

»Die Lampe!«, wiederholte Nele und streckte die Hand aus.

Robber kapierte, riss die Lampe aus seiner Hosentasche und bewegte den Lichtstrahl schnell und suchend über das Wasser.

»Hinter uns!«, zischte Nele.

Robber drehte sich im Sitzen halb um und leuchtete das Gebüsch ab. Der Lichtkegel war klein und funzelig, die Batterie schwach. In dem armseligen Lichtstrahl war nichts zu erfassen. Vielleicht war es auch schon zu spät, und der Mann war weg.

»Was war denn?«, fragte Robber.

»Da war einer im Gebüsch und hat uns beobachtet«, sagte Nele. »Ich hab es genau gesehen.«

Sie wollte Robber vor den anderen nicht erklären, dass sie glaubte, es sei der Schlammmann gewesen.

»Ein Spanner?«, fragte Herr Schönwald. »Der kriegt hier nichts zu sehen.«

Matze und Robber lachten. Nur Hans schien nervös geworden zu sein. Er war aufgestanden und betrachtete das Gebüsch. Dann schlenderte er zu den Ruten hinüber.

Nach einer Weile machten sich alle flach, um sich auszuruhen. Man musste die Zeit nutzen, bis die Fische bissen. Die Nacht war mild. Alle Jungs blieben mit ihren Schlafsäcken vor dem Zelt. Nur Nele war hineingegangen. Sie lag auf einer Gummimatte, das Gesicht dem Ausgang zugewandt. Neben sich fühlte sie auf einmal Hans' Körper, nur durch die Zeltwand von ihr getrennt.

»Ich muss dich sprechen«, flüsterte er.

Endlich!, dachte Nele.

»Okay«, flüsterte sie zurück.

»Ich kann dir alles erklären, morgen … Magst du mich noch?«

Nele antwortete nicht, und auch Hans sprach nicht weiter.

Gegen elf pfiff ein Bissanzeiger. Keiner hatte geschlafen.

»Ich liebe diesen Ton«, rief Robber und sprang auf.

Herr Schönwald war schon bei den Ruten. Eine schlug an, und der Fisch schwamm mit ziemlicher Geschwindigkeit genau auf ihn zu.

»Ein kleiner«, urteilte Herr Schönwald und reichte Hans die Angel. »Probier, ob du es schaffst.«

Vor dem Ufer legte der Fisch richtig los, machte sich schwer, widersetzte sich.

»Scheiße!«, schrie Hans. »Das gibt's doch gar nicht! Das ist der größte Fisch, der jemals angebissen hat! Und müde wird der auch nicht! Der darf mir nicht entwischen!«

Endlich blitzte der Fischleib auf. »Er hat zweihundert Meter Schnur gebraucht!«, sagte Hans stolz, als er ihn an Land hatte.

»Ein Schuppenkarpfen«, sagte Herr Schönwald, »größer, als ich dachte. Hat dir ganz schön Mühe gemacht, was?«

Hans gab keine Antwort, sondern machte sich daran, den Fisch von der Angel zu nehmen.

»Super!«, lobte ihn Nele und schlug ihm auf die Schulter. »Ein Riesenvieh!«

Der Karpfen wurde vermessen und gewogen. Er brachte stolze zehn Kilo bei einer Länge von fünfundachtzig Zentimetern auf die Waage. Ein Rekordkarpfen!

Zweimal ging es noch los, um drei Uhr und noch mal um sechs, als es schon fast hell war. Es waren zwei große Spiegelkarpfen mit schimmernden Leibern und wild schlagenden Schwänzen. Den letzten brachte Matze mit dem Kescher sicher an Land.

»Schluss für heute«, erklärte Herr Schönwald. »Ich freu mich jetzt auf ein richtig gutes Frühstück mit frischen Brötchen.«

Sie packten die Sachen zusammen, alles war schnell verstaut. Herr Schönwald nahm Nele im Ruderboot mit zum Verein.

»Und?«, fragte er. »Wie war's für dich?«

»Klasse, vielen Dank auch fürs Mitnehmen«, sagte Nele. »Solche Fische habe ich noch nie gesehen … Schade, dass sie in der Pfanne landen.«

»Das ist wie beim Jagen«, antwortete Herr Schönwald, »ein Sport!«

»Eher für Männer.«

»Und solche, die es werden wollen«, sagte Herr Schönwald. »Ich kenne aber auch ein paar Frauen, die gern angeln. – Bring Frau Heufeld einen von den Fischen mit. Es ist dein Anteil.«

Als sie am Steg des Anglervereins anlegten, warteten die Jungs mit den Rädern auf sie.

»Was machst du heute noch?«, fragte Robber.

»Ich glaub, ich muss schlafen«, sagte Nele und gähnte. Robber kam nah an sie ran und flüsterte ihr ins Ohr: »Willst du heute mit ihm reden?«

Nele nickte und warf einen Blick zu Hans hinüber. Der guckte in die andere Richtung und tat so, als hätte er nichts bemerkt.

Matze, Hans und Nele hatten den gleichen Weg. Vor Neles Haus trennten sie sich.

»Ich bin den ganzen Tag zu Hause«, sagte Matze zum Abschied. »Also, wenn ihr Lust habt ...«

Nele stand mit Hans einen Moment allein. »Sehen wir uns heute Abend?«, fragte sie. »Im Maisfeld?«

»Auf jeden Fall«, sagte Hans und nickte. »Ich hol dich ab.«

*

Oma freute sich über den Fisch, den Nele ihr mitgebracht hatte.

Nele rief Mama an und erzählte ihr von dem Ausflug, vom Angeln, von den unbekannten Fischen, vom Abenteuer des Übernachtens im Freien. Den unheimlichen Schlammaugen-Typ erwähnte sie nicht.

Sie guckte zu, wie Oma den Karpfen vorsichtig säuberte, ohne die Außenhaut zu verletzen. Dann wurde der Fisch in Essigwasser gelegt. Als die Haut anfing, sich blau zu färben, schob Oma ihn, so wie er war, mit Kopf und Flossen in den Backofen.

Oma wollte ihr Bescheid sagen, wenn das Essen fertig war. Nele sollte sich ein bisschen hinlegen. Der Geruch nach Essigwasser zog durchs Haus ...

Nele hatte tief geschlafen, als Oma sie rief. Der Karpfen lag mit gekrümmtem Rücken auf dem Bratenteller. Neles Appetit hielt sich in Grenzen, denn Kopf und Schwanz, alles war immer noch dran. Die Fischaugen waren vom Dünsten weiß und undurchsichtig geworden. Nele probierte nur ein Stückchen vom Bauch. Obwohl das Fleisch gut schmeckte, hielt sie sich lieber an die in Butter geschwenkten Petersilienkartoffeln und den Salat in süßer Sahnesoße.

Danach schlief Nele wieder. Am Nachmittag wollte Oma mit ihr eine Radtour nach Rheinberg machen.

Kurz vor fünf saßen die beiden vor der Eisdiele in der Hauptstraße und schauten den Sonntagsspaziergängern nach. An der Ecke wölbte sich protzend der alte prächtige Firmensitz der Underberg-Familie breit in die Straße hinein. Schräg gegenüber stand das alte Rathaus. Die Straße musste sich zwischen den beiden Gebäuden hindurchschlängeln.

Nach dem Eis guckte Oma im Schaufenster eines Schuhgeschäfts nach einem Paar neuer Halbschuhe für Frau Susmann, die Frau, die sie betreute. Nele interessierte sich für süße rotweiße Sneaker und ging dann rüber zu einem Geschäft mit Unterwäsche und Bademoden. Sie brauchte unbedingt einen Badeanzug! Sie sah aber nichts, was ihr gefiel, und Oma schlug ihr vor, besser in Moers danach zu schauen.

Sie machten noch einen Gang über den Außenwall. In Richtung Rheinarm fielen die Wiesen ab. Hinter den hohen Pappeln im Grund begann eine Ebene, die sich bis zum Fluss erstreckte. Im Brachland blühten Disteln grellviolett. Ein Pudel tobte den Damm hinauf und hinunter. Er bellte die Spaziergänger an. Nele schmiss ihm ein Stöckchen, und er apportierte freudig. Oma trippelte mit kleinen Schritten den Hang hinunter und kam zum Schluss ins Rennen. Das sah so ulkig aus, dass Nele lachen musste.

»Was lachst du?«, fragte Oma unten. »Das Gras war so rutschig.«

»'tschuldigung, kleine Oma! Soll ich dich festhalten?«

»Lass nur, Schatz. Ich schaff das schon. Nächstes Mal nehm ich den Weg.«

Mit einem Liedchen auf den Lippen fing Oma an, in den struppigen Wiesen Unkraut zu pflücken. »Wilde Möhre«, zeigte sie Nele, »Wermut, Scharfgarbe, Kamille, Rainfarn.« Sie erklärte jede Pflanze, die sie gepflückt hatte.

»Die Disteln lassen wir lieber stehen, obwohl ihre Farbe am schönsten ist.«

»Was hast du damit vor?«

»Für die Vase. Du wirst sehen, wie hübsch das aussieht.«

Nele hatte zu Hause noch nie einen Blumenstrauß aus Unkraut in der Vase gesehen. Sie sah auf die Uhr. Noch nicht halb sieben. Der Nachmittag zog sich. Nele dachte dauernd an Hans.

Zu Hause steckte Oma den Strauß sofort in eine dunkelgrüne Glasvase und stellte ihn auf die Fensterbank. Sie hatte Recht. Die wilden Blumen sahen wirklich superschön aus.

Plötzlich hörten sie Jans Auto. Nele rannte raus.

»Ich hatte Sehnsucht nach dir!«, sagte Jan beim Aussteigen und nahm Nele in den Arm.

Sie drückte sich an ihn. »Da freu ich mich aber!«

Dann fiel ihr das Treffen mit Hans ein. Sie sah auf die Uhr. Halb acht. Gleich würde er vor der Tür stehen!

Oma nutzte die Gelegenheit und brachte die Sache mit der Regenrinne zur Sprache. »Leider ist ja heute Sonntag, aber …«

Krumm wie ein Fragezeichen schleppte der lange Jan die Leiter herbei, stellte sie an und prüfte den Schaden. Die Halterung der Rinne war gebrochen. Jan klopfte sich den Schmutz von den Händen und versprach, eine neue zu besorgen.

Inzwischen war es Viertel nach acht. Ziemlich spät für einen Spaziergang ins Maisfeld! Nele konnte sich gar nicht mehr auf die Gespräche konzentrieren. Wo blieb Hans?

Zum Glück verabschiedete sich Jan um halb neun. Er steckte Nele Geld für einen Badeanzug zu. Oma hatte daran gedacht, ihm zu sagen, dass Nele unbedingt einen brauchte.

»Kauf dir was Ordentliches, Puck«, sagte er und strich ihr zärtlich übers Haar.

Kaum war er fort, rannte Nele zu Schönwalds hinüber. Auf den Stufen zur Haustür lag ein Stein mit einem Zettel darunter. Nele hob ihn auf und las.

»Sorry«, stand darauf, »muss mit meinem Vater weg. Konnte dich nicht erreichen. Hans.«

Nele machte kehrt. Die Absätze ihrer Sandalen hackten in den Kies, als sie die Zufahrt hinunterstampfte. Die Wut, die in ihr steckte, ging in die Absätze, aber es blieb genug übrig, um ihr die Tränen in die Augen zu pressen.

»Idiot!«, sagte sie leise und ballte die Fäuste.

11.

Der Koffer

Hans blieb auch am nächsten Morgen verschwunden. Auch Herr Schönwald, den Nele hätte fragen können, war nicht da.

Sie las, guckte fern, hörte Musik und wartete auf den Nachmittag. Nach dem Essen legte sie sich mit einer Zeitschrift, die Jan mitgebracht hatte, in den Garten. Sicher würde Hans gleich kommen.

Sie überschlug den Cartoon mit einer Pferdegeschichte. Pferde interessierten sie nicht. Sie hatte auch nicht auf Matzes Fjordpferd reiten wollen.

Die Seite mit Wissenswertem über Wale und Delfine war interessanter. Anschließend sollte man Fragen beantworten, die Nele allerdings blöd fand, viel zu leicht. Alle Antworten standen ja schon im Text!

Lustlos probierte sie die Schritte zu einem neuen Tanz, Bachata, die unter der Überschrift »Let's dance« abgebildet waren. Aber ohne Musik machte Tanzen keinen Spaß.

Sie hätte lieber den »Glückszauber für eine Wohlfühlstunde« von Seite 37 ausprobiert. Ein Badetuch würde sie in Omas Vorrat finden, allerdings sicher kein besonders flauschiges und kuscheliges, wie es für den Glückszauber nötig war. Auch eine Badewanne und Lavendelbadeschaum fehlten ihr dazu.

Über den knirschenden Kies im Vorhof preschte ein Fahrrad. Nele fuhr hoch. Hans?

Es war Robber. Er bremste so hart, dass das Hinterrad schleuderte.

»Na?«, rief er Nele auf der Sonnenliege zu. »Was hat er gesagt?«

»Nichts!«, gab Nele zurück und blieb liegen. »Wir waren verabredet, aber er ist nicht gekommen.«

Robber zog eine Grimasse.

Nele stand auf und schlenderte zu ihm hinüber. »Er hat mir nur einen Zettel auf seiner Treppe hinterlassen, auf dem stand, er sei mit seinem Vater fort.«

»Glaubst du das?«

Nele zuckte mit den Schultern. »Erst hab ich es geglaubt. Aber heute Morgen war er immer noch nicht da. Herr Schönwald ist auch fort. Aber der arbeitet ja wahrscheinlich.«

»Du musst ihn fragen.«

»Ja, ich weiß. Vielleicht klärt sich dann alles auf. Letztes Mal hat er mir auch erzählt, dass Hans bei seiner Mutter sei. Also war alles ganz harmlos. Allerdings hätte Hans mir inzwischen auf jeden Fall Bescheid sagen können. Er hätte mal anrufen können. Nicht nur so ein blöder Zettel!«

»Dann können wir also nur abwarten, bis du Herrn Schönwald sprechen kannst ...« Ungeduldig riss Robber den Lenker seines Fahrrads hoch. »Komm mit, wir gehen jetzt schwimmen. Wir können nichts anderes tun, als uns die Warterei verkürzen.«

»Ich hab immer noch keinen Badeanzug. Wie wär's mit skaten? Ich könnte mein Board ausprobieren. Das hat Jan mir mitgebracht. Vielleicht ist Matze ja zu Hause.«

»Meinetwegen. Obwohl es ja ziemlich heiß zum Skaten ist.«

»Mich stört das nicht. Ich könnte ja mal einen Ollie auf der Pipe versuchen.«

»Und rückwärts wieder runterrollen, was? Aber okay. Schnall dein Board auf.«

Matze mistete gerade den Ziegenstall aus. Er trug trotz der Hitze Gummistiefel.

»Hallo!«, rief er herüber. »Bin gleich fertig!«

Mit der Mistgabel in der Hand kam er ans Gatter. »Holt schon mal die Boards.«

»Wasch dich erst mal«, sagte Robber und schlug ihm auf die Schulter. »Du stinkst wie ein Ziegenbock!«

Matze lachte gutmütig. Seine schwarzbewimperten Augen wurden dabei wieder schlitzig wie die eines Eskimos. Mit der schmutzigen Hand wischt er sich verklebte Haarsträhnen aus der Stirn.

Robber holte sein Board aus dem Schuppen. Sie machten ein paar Flips und Kicks, Nele blieb auf dem rauen Asphalt. Es war heiß. Sie kam nicht richtig in Schwung. Robber probierte nur einmal einen Sprung auf der Pipe.

Der Hofhund, ein Setter, kam aus dem Gewächshaus geschlichen und ließ sich unter einen Holunderstrauch fallen. Nele guckte zu, wie er seine Pfoten sortierte und den Kopf darauf legte.

Drüben auf der Koppel hockte Linus, Matzes kleiner Bruder, auf dem Rand der Pferdetränke und ließ die Beine ins Wasser baumeln.

Der Himmel zog sich zu. Die Glockenblumen im Bauerngarten neben dem Wohnhaus der van Leeuwens ließen die Köpfe hängen. Das Blau des Rittersporns leuchtete seltsam stark gegen das staubige Grün der Pflanzen. Es herrschte ein eigenartiges Licht.

Robber kam mit Matze herübergeschlendert. »Macht kein Bock«, sagte er. »Selbst wenn du durch die Luft fliegst, spürst du kein Windchen.«

»Gibt bestimmt ein Gewitter«, sagte Matze. »Ich brauch was zu trinken.«

Er ging ins Haus, während Robber und Nele an der Schuppenwand auf ihn warteten.

»Wo ist Hans eigentlich?«, fragte Matze, als er mit der Sprudelwasserflasche zurückkam.

»Muss was mit seinem Vater erledigen«, sagte Robber und warf Nele einen Blick zu. Na? Kannst du dich auf mich verlassen?, fragte dieser Blick.

Es blitzte. Nele schoss hoch.

»Langsam«, sagte Matze und fing an zu zählen. »Einundzwanzig, zweiundzwanzig, dreiundzwanzig …«

Bei sechsundzwanzig grollte der Donner. Nele zuckte es in den Beinen. Sie sah, wie der kleine Linus von der Weide ins Haus rannte.

»Bleib!«, sagte Matze.

Blitz. »Einundzwanzig, zweiundzwanzig, dreiundzwanzig, vierundzwanzig.« Donner, dass die Schuppenwand zitterte.

»Auf jetzt!«, schrie Nele. »Es ist da!«

Sie rannten zum Haus hinüber. Unter der Tür waren zwischen Blitz und Donner noch drei Sekunden.

»Siehst du, wir hätten noch warten können«, sagte Matze gelassen.

Gleichzeitig mit dem nächsten Blitz zerriss der Donnerknall Himmel und Erde. Nele flüchtete sich vor Schreck zu Robber. Der legt den Arm um sie. Als der Regen anfing, auf das Gewächshaus zu prasseln, drückte sie sich von Robber ab und trat an die offene Tür. Sie schnüffelte in den Duft hinaus, der vom Blumengarten herüberzog. Über ihrem Kopf wurde ein Fenster aufgerissen. Gardinen fuhren mit einem Ratsch zur Seite.

»Gott sei Dank! Regen!«, hörte sie eine Frauenstimme, die sicher Matzes Mutter gehörte.

»Komm, Matthias, hilf mir die Luken schließen.« Matzes Vater kam aus der Küche. Vom Dach des Gewächshauses lief das Wasser in Bächen an den Glaswänden hinunter.

Matze und Robber rannten mit eingezogenen Köpfen hinter ihm her. Freudig bellend umrundete der Setter die Jungs in großen Sprüngen.

Nele folgte den anderen ins Gewächshaus. Dort roch es nach feuchter Erde, Laub, Moos. Neben Matze reckte sie sich nach dem Hebel des nächsten schräg stehenden Fensters. Zuerst bewegte sich die Luke kaum, dann knallte sie plötzlich mit Getöse zu.

»Vorsicht!«, rief Matzes Vater und drehte sich um.

»Ach, du warst das!«, sagte er freundlich. »Du musst noch tüchtig essen, *meisje, dat je strakke armen krijgt*!«

»Er sagt, du brauchst Muckis«, flüsterte Matze ihr zu.

»Er sagt, du bist in Ordnung«, sagte Robber an ihrem Ohr und grinste. Nele grinste zurück. Sie fühlte sich wohl mit Matze und Robber bei den van Leeuwens.

Matzes Mutter rief vom Haus herüber, Oma Heufeld habe angerufen. Sie wollte wissen, ob Nele bei dem Gewitter wohl hoffentlich bei ihnen sei! Nele solle nach Hause kommen, sobald es zu regnen aufhörte.

»Lass krachen«, rief Robber auf der Rückfahrt, kaum waren sie aus der Zufahrt zu den van Leeuwens raus. Sie machten sich einen Jux daraus, mit Anlauf in die Pfützen zu rasen. Das Wasser zischte und spritzte in funkelnden Bögen von den Reifen. Sie zogen die Beine hoch, trotzdem wurden sie nass bis zu den Oberschenkeln. Robber fuhr freihändig, breitete die Arme aus und schrie vor Spaß aus voller Kehle. Nele quietschte vor Vergnügen.

Kurz bevor sie zu Hause waren, fuhr Robber an ihre Seite und sagte: »Jetzt sind alle Spuren beseitigt.«

Nele guckte ihn verständnislos an. »Was meinst du?«

»Na, das Blut und so.«

Nele schwieg.

Zu Hause zog sie sich die völlig durchweichten Schuhe vor der Haustür aus.

»Du lieber Himmel, wie siehst du denn aus!«Oma Heufeld musterte ihre nassen, schmutzigen Beine. »Geh mal gleich unter die Dusche!«

Oma legte ein frisches Badetuch für sie raus. Es war wider Erwarten flauschig und kuschelig. Nele steckt die Nase hinein und schnupperte. Tatsächlich Lavendel!

Sie rief Mama an. Die machte einen guten Eindruck. »Ich will nicht falsche Hoffnungen wecken«, sagte sie, »aber der Arzt war eben bei mir. Es könnte, könnte, könnte sein, dass ich schon Ende der Woche nach Hause kann!«

»Wow!«, freute sich Nele. »Das ist ja voll super!«

»Dann sehen wir uns wahrscheinlich früher, als wir gedacht haben, was, mein Schatz?«

Nele war verdutzt. »Also darf ich dann doch schon kommen? Jan hat immer gesagt, ihr müsstet abwarten, wie es dir zu Hause geht!«

»Sicher«, sagte Mama fröhlich. »Aber ich bin ganz zuversichtlich, dass es bald was wird.«

»Klasse«, sagte Nele, aber insgeheim wurde ihr heiß bei dem Gedanken. Mit Hans war nichts klar. Vorher wollte sie nicht weg.

Ohne Oma zu fragen, rief sie sofort bei Schönwalds an. Niemand ging ans Telefon.

In der Küche war Oma Heufeld dabei, den Schrank auszuwischen. Alle Lebensmittel standen auf dem Küchentisch.

»Hilfst du mir?«, fragte sie.

»Mama hat gesagt, sie kommt wahrscheinlich zum Wochenende nach Hause.«

Überrascht ließ Oma den Putzlappen sinken. »Das kommt aber plötzlich! Aber du bleibst doch noch ein bisschen hier?«

»Ja«, sagte Nele, »wenn ich darf. Ich bin doch gern hier.«

»Das freut mich. Also fühlst du dich bei mir wohl, ja?«

»Superwohl«, versicherte Nele.

Oma Heufelds dreieckige Augen funkelten vor Freude. Dann wandte sie sich wieder dem Schrank zu und fing an, wie wild darin zu schrubben. »Ich werd mich erst daran gewöhnen müssen, wenn du weg bist«, sagte sie in den Schrank hinein. Ihre Stimme klang etwas knödelig.

Nele setzte sich an den Küchentisch und begann, die Einlegeböden trocken zu wischen. Es schellte. Nele stürzte zur Haustür, aber es war nur der Postbote, der sich heute verspätet hatte und ein Päckchen für Oma reinreichte.

»Was ich immer von dir wissen wollte«, sagte Oma und legte das Päckchen beiseite, nachdem sie auf den Absender geguckt hatte. »Wie versteht sich denn Hans inzwischen mit seinem Vater?«

»Öh … gut, denke ich«, sagte Nele schnell. Sie hatte keine Lust, jetzt mit Oma über dieses Thema zu reden. »Er spricht nicht darüber. Herr Schönwald ist ja ganz nett. Er hat uns ja auch alle zum Angeln mitgenommen.«

»Und? Wie war er zu Hans?«

»Ich glaube, er hatte sich geärgert, dass Hans so lange bei seiner Mutter geblieben war. Er war ziemlich nölig und hat Hans ganz schön angemacht. – Herr Schönwald ist ins Wasser gefallen«, erzählte sie dann. Sie erwähnte aber nicht die Gedanken, die ihr dabei gekommen waren. Oma wollte die ganze Geschichte wissen, und Nele stellte alles so dar, als sei es der reinste Spaß gewesen. Sie erzählte sogar noch mal von den tollen Fischen, die sie alle gar nicht gekannt hatte.

Oma kam auf Hans zurück. »Hat Hans denn noch den kleinen Altar in seinem Zimmer?«, fragte sie. »Ich hab da einmal in seinem Regal eine Kerze vor einem Bild der Mutter Gottes gesehen.«

»Echt?«, fragte Nele überrascht. »Nein, das gibt es nicht mehr … Aber er hat mit mir übers Beten gesprochen …«

»Solche Gespräche führt ihr?«

»Ja, wir verstehn uns gut«, sagte Nele.

»Das ist schön. Es freut mich für euch. – Sag mal, könntest du mir helfen, ein Regal für meine Nähsachen im Wohnzimmer anzubringen? Der Schrank ist so voll gestopft, dass mir alles entgegenkommt, wenn ich nur die Tür aufmache.«

»Klar«, sagte Nele, »nachher muss ich aber noch mal zu Hans rüber.«

»Selbstverständlich«, sagte Oma. »Du willst ihm sicher von Mama erzählen.«

Das Telefon klingelte. Nele rannte zum Apparat und riss den Hörer von der Gabel. »Bei Heufeld.« Jemand atmete am anderen Ende, meldete sich aber nicht.

»Er ist nicht bei mir!«, rief sie wütend.

»Jemand für mich?«, fragte Oma aus dem Wohnzimmer.

»Hat schon wieder aufgelegt«, sagte Nele. Ihr war klar, dass es der Schlammmann gewesen war, der überprüfen wollte, ob Hans bei ihr war.

Oma holte die Wasserwaage, die Bohrmaschine und den Hammer aus dem Werkzeugschuppen. Nele musste die Wasserwaage gegen die Wand pressen, damit Oma sauber die Punkte markieren konnte, an denen gebohrt und die Dübel in die Wand geschlagen werden sollten. Sie achtete darauf, dass die Wasserblase im Guckfensterchen schön oben in der Mitte stand.

»Du wirst mir fehlen!«, sagte Oma.

Nele war gerührt von Omas Geständnis, ließ die Wasserwaage sinken und gab ihr einen Kuss. Oma umarmte sie mit dem Filzstift in der Hand. »Ach, Nellaken!«, seufzte sie. »Du hast Leben in die Bude gebracht. Kommst du mich denn auch oft besuchen? … Oh, ich hab ja einen Flecken in dein Hemd gemacht!«

Oma zeigte auf Neles Hemd und legte den Filzstift beiseite. »Ich reib ihn dir gleich mit Terpentin wieder raus.«

Bis das Regal montiert war, dauerte es eine Weile. Nele stand wie auf Kohlen vor der Wand, bemühte sich aber, Oma ihre Unruhe nicht spüren zu lassen.

Als die Bretter eingelegt waren, konnte sie endlich gehen. Einräumen wollte Oma allein.

*

Es war inzwischen fast acht. Nele lief zu Schönwalds hinüber. Zum wievielten Mal! Das Haus lag wie unbewohnt da. Nele versuchte gar nicht erst zu klingeln, sie ging gleich auf die Terrasse und probierte die Tür. Tatsächlich lag sie locker im Schloss. Also war jemand da!

Sie betrat das Wohnzimmer und lauschte. Dort war alles wie immer. Das Zimmer schien nie benutzt zu werden. Sie horchte auf Geräusche aus irgendeiner anderen Ecke des Hauses. Nichts. Sie schlich durch den dämmrigen Flur. Durch die grünen Scheiben in der Haustür fiel fahl das Abendlicht. Sie wich der Kommode mit dem Telefon aus und stieg leise die Treppe hinauf. Vor Hans' Zimmer blieb sie stehen und legte das Ohr an die Tür. Nichts. Vorsichtig drückte sie die Klinke hinunter und sah hinein. Wieder waren die Jalousien heruntergelassen, aber durch die Spalten fiel etwas Licht, und mit einem Blick sah sie, dass Hans nicht da war.

Sie trat ein, schloss die Tür hinter sich und sah sich um. Das Bett war unbenutzt, der Schreibtisch aufgeräumt. Keine Blätter lagen herum. Sie ging zum Schrank hinüber und betrachtete die Bücher, die dort in Reih und Glied standen. Es waren Abenteuerromane und PC-Handbücher. Keine Titel, die auf schwarze Magie oder Satanismus schließen ließen. In der Ecke neben dem Fenster stand wieder die niedrige Tür zu dem Gang unter der Dachschräge offen. Wie magisch zog er sie an. Da war immer noch der schäbige alte Koffer. Er lag flach auf dem Boden, und der Gurt, der damals darum geschnallt gewesen war, lag diesmal daneben. Hans hatte sich wohl die Sachen von seiner Mutter wieder einmal angeschaut. Der Deckel war zugeklappt, aber die Riegel der Schlösser nicht eingeschnappt. Nele bückte sich und hob den Deckel.

Etwas blinkte ihr entgegen. Nele stockte der Atem. Es war die Kette, die Hans bei ihrer zweiten Begegnung getragen hatte. Daran war ein Anhänger befestigt – ein umgedrehtes Pentagramm! Es lag auf einem dunkel glänzenden Stoff, der mit glitzernden schwarzen Perlen bestickt war. Es musste ein gefaltetes Kleidungsstück sein, Nele erkannte einen Halsausschnitt, der mit einer schwarzen, seidigen Bordüre eingefasst war. Etwas Schmales, metallisch Schimmerndes mit einem Holzgriff steckte daneben am Kofferrand. Nele zog es heraus. Es war ein Dolch mit einer fein ziselierten Klinge. Die Gravur zeigte Blumenranken, die sich um eine Wurzel wanden. In den Ranken saßen große exotische Blüten. Plötzlich hörte sie Schritte vor der Tür. Sofort schlug sie den Deckel zu und stand auf.

Die Tür öffnete sich.

»Bist du wieder da?« Herr Schönwald stand in seiner ganzen Größe im Zimmer. Er trug ein verknautschtes T-Shirt und Boxershorts und hatte Schlappen an den Füßen.

»Oh, das Fräulein!«, sagte er und musterte sie überrascht unter seinen buschigen Brauen hervor. »Was machen Sie denn hier? Ich werde wach und höre was und denke, mein Sohn ist wieder zu Hause!«

»Ich hab ihn gesucht«, sagte Nele verlegen. »Die Terrassentür stand offen.«

»Das ist bei uns oft der Fall. Hans hat wieder mal seinen Schlüssel unten auf der Kommode liegen lassen. Ich wollte nicht, dass er klingelt und mich weckt.«

»Ich hab Ihr Auto nicht gesehen, sonst wär ich nicht durch

die Hintertür reingekommen. Aber sicher hätte ich Sie dann durch mein Schellen gestört.«

Herr Schönwald lachte und rieb sich über den Bauch. »Jetzt bin ich trotzdem wach. Mein Auto ist in der Werkstatt. Ich hab Hans gestern bei seiner Mutter abgesetzt, und auf dem Rückweg machte der Motor verdächtige Geräusche.«

»Also ist Hans wieder bei seiner Mutter? Wir waren verabredet. Er hat mir nichts davon gesagt.«

»Er wollte gestern Abend unbedingt wieder zu ihr. Sie hatten miteinander telefoniert. Na ja, wer weiß, was es Dringendes gab. Ich hab nicht danach gefragt. Schließlich hat er Ferien und kann machen, was er will ... Aber er hätte dir schon Bescheid geben können!«

Nele kam das alles komisch vor. Es war das zweite Mal, dass Hans so Hals über Kopf verschwunden war. Und hatte nicht auf dem Zettel gestanden, er müsse mit seinem Vater weg? Sie hatte das so verstanden, dass Herr Schönwald etwas mit ihm vorgehabt hatte. Hans hätte doch genauso gut sagen können, er müsse zu seiner Mutter.

»Wo wohnt denn seine Mutter?«, fragte sie.

»In Moers. Sie wird ihn sicher nach Hause bringen. Oder er geht zu Fuß. Ein bisschen laufen wird ihm nicht schaden.«

In Moers. Eisdiele Adria am Königlichen Hof. Hans' schwarz gekleidete Kumpels trafen sich dort. Und in Moers war auch Natascha!

»Magst du mich noch?«, hatte Hans sie abends durch die Zeltwand am Lohheider See gefragt. »Ich kann dir alles erklären!«

Was wollte er ihr erklären? Hatte er bei seiner Bemerkung vielleicht an Natascha gedacht? War doch etwas zwischen ihm und ihr? Natascha, das hübsche Mädchen, deren Konkurrenz sie von Anfang an gefürchtet hatte? Natascha, eine der Schwarzgekleideten?

Mit dem Koffer hatte er sie angelogen. Es waren nicht die Sachen seiner Mutter darin, sondern andere, verdächtige, ein Dolch, wie sie ihn in der Hütte in dem Pentagramm gesehen hatte. Und jetzt hatte sie auch sein Kettchen mit einem Pentagramm-Anhänger darin gefunden! Er hatte ihn vor ihr verbergen wollen. Alles musste zusammenhängen. Der Schlammäugige, die Schwarzgekleideten, die Sachen in dem Koffer ... und Natascha! Nele schwirrte der Kopf.

»Ich geh dann mal wieder«, sagte sie. »Wenn er kommt, wird er sich sicher bei mir melden. Und Entschuldigung, dass ich Sie gestört habe.«

»Schon gut«, sagte Herr Schönwald. »Ich wollte mir sowieso noch was zu essen machen.«

»Ich muss mal eben telefonieren«, rief Nele, kaum war sie zur Haustür rein. »Ich hab vergessen, Robber was Wichtiges zu sagen!«

»Dann mal schnell«, rief Oma. »Sonst ist er schon im Bett!« Nele hörte Stimmen aus dem Fernseher im Wohnzimmer.

»Hoffmann«, meldete sich eine Frauenstimme unter Robbers Nummer.

»Ist Robber da? Hier ist Nele.«

»Das Mädchen, das bei Frau Heufeld zu Besuch ist? Ich ruf ihn.«

»Robber«, flüsterte Nele, als er am Apparat war. »Ich hab einen Koffer gefunden. Da drin waren ein Pentagramm-Anhänger, ein komisches schwarzes Gewand und ein alter Dolch ...«

»Moment mal. Warst du in Hans' Haus?«

»Ja, in seinem Zimmer. Er war nicht da. Herr Schönwald hat mich überrascht. Das war ziemlich peinlich! Aber egal. Ich bin mir total sicher, dass die Sachen in dem Koffer was mit schwarzen Messen zu tun haben. Ich wollte dich fragen, ob du dir mal alles ansiehst. Kannst du morgen früh kommen? Wenn die Terrassentür noch immer offen ist, können wir zusammen nachschauen.

»Och, Prinzessin! Ein alter Fummel, sagst du? Wahrscheinlich gehört der zu den ollen Verkleidungssachen. Damit haben wir früher gespielt!«

»Aber das Pentagramm und der Dolch!«

»Kenn ich nicht. Aber es hat immer schon eine Menge alten Krempel dort oben gegeben. Vielleicht ist der noch von Hans' Großvater. Der hat alte Waffen gesammelt. Oder Hans hat ihn sich mal auf einem Trödelmarkt gekauft.«

»Geht er denn zu so was?«

»Keine Ahnung.«

»Dann red doch nicht so 'nen Quatsch! Ich hab so ein Ding in der Hütte auf Wolfskuhlen gesehen ... Außerdem hat Hans mich angelogen. Er hatte mir von ganz anderen Sachen erzählt, die angeblich in dem Koffer sein sollten. Komm mit und guck dir das an, bevor du morgen früh zur Arbeit gehst! Bitte! Wenigstens will ich wissen, ob du das Kleidungsstück von früher irgendwie erkennst.«

»Und wenn Hans da ist?«

»Dann ist es ja gut. Dann können wir ihn selber fragen. Aber ich glaube nicht, dass er heute Abend noch zurückkommt. Und morgen früh ist Herr Schönwald bestimmt schon weg zur Arbeit.«

»Und wenn die Tür zu ist? Willst du einbrechen?«

»Robber! Wir müssen es versuchen! Ich hab das Gefühl, wir dürfen keine Zeit verlieren. Angeblich ist er wieder bei seiner Mutter, also in Moers. Vielleicht trifft er sich ja mit dieser schwarzen Truppe. Seine Mutter muss das ja gar nicht wissen.«

Robber schwieg. »Du meinst, auch wenn er bei ihr ist, kann er sich mit ihnen treffen.«

»Genau«, sagte Nele.

»Okay«, sagte Robber. »Überredet. Um acht bin ich bei dir. Herr Schönwald wird dann hoffentlich weg sein.«

»Schell nicht bei uns!«, bat Nele. »Meine Oma ist dann bestimmt noch da. Ich schleich mich raus und treff dich hinter der Hecke an der Garage. Ach, Robber, du bist ein Schatz!«

»Schon okay«, sagte Robber trocken. »Wir kriegen das schon geregelt. Soll ich vorsichtshalber doch ein Brecheisen mitbringen?«

»Komm! Lass die Witze! Ich bin sicher, Herr Schönwald lässt die Tür offen. Er wartet auf Hans, und Hans hat keinen Schlüssel.«

12.

Die Teufelsfratze

Am frühen Morgen stand Nele heimlich hinter einer Hecke und wartete auf Robber. Oma hatte sie nicht aus dem Haus schleichen gesehen. Sie glaubte, Nele schlafe noch. Da kam Robber.

»Tag, Prinzessin«, sagte er und lehnte sein Rad in die Blätter der Hecke. »Alles paletti?«

»Glaub schon. Herr Schönwald ist schon auf dem Rad fort. Sein Auto ist kaputt. Er hat mich nicht gesehen.«

»Dann los.«

Nebeneinander gingen sie den knirschenden Weg zum Haus hoch. Sie gaben sich keine Mühe, leise zu sein. Wenn Hans da war, würde er sie hören. Er sollte sie ruhig sehen. Nele wäre froh, wenn er endlich zu Hause wäre und sie miteinander reden könnten.

Sie gingen an die Haustür und klingelten, wie es sich gehörte. Im Haus blieb alles still. Vielleicht schlief Hans noch. Sie gaben ihm eine weitere Chance, klingelten ein zweites und ein drittes Mal. Nichts.

»Komm«, entschied Robber. »Er ist nicht da.«

Sie gingen um das Haus herum auf die Terrasse. Die Tür stand angelehnt. Ohne Zögern marschierten sie durch Wohnzimmer und Flur die Treppe hinauf. Wenn Hans da war, würde er sie spätestens jetzt hören.

Sie betraten sein Zimmer. Alles war wie gestern Abend. Kein Hans im Bett. Robber hatte keine Hemmungen, das Kleidungsstück aus dem Koffer zu ziehen. Es entfaltete sich zu einem unförmigen Gewand.

»Das kenn ich nicht«, sagte er. »Es sieht auch nicht so aus, als ob Hans' Mutter so was angezogen hätte. Könnte höchstens ein Karnevalskostüm sein. Wenn einer als Hexe gehen will oder so … Oder als Zauberer! Ja!« Robber freute sich über seinen Geistesblitz.

»Dazu fehlt aber der Zauberhut«, sagte Nele trocken. »Und glaubst du echt, Hans geht Karneval als Zauberer? Aus dem Alter ist er doch wohl raus!«

»Er verkleidet sich nie zu Karneval«, gab Robber zu. »Noch nicht mal eine rote Pappnase würde der sich aufsetzen.«

»Also wieder eine von deinen falschen Fährten!«

Robber nahm den Dolch in die Hand und wandte ihn hin und her.

»Den kenn ich auch nicht. Hab ihn nie bei den alten Waffen von seinem Opa gesehen.«

Er legte den Dolch zurück in den Koffer und sah sich um.

»Was sagt uns das?«, fragte Nele.

»Ein ganz gewöhnlicher Dolch und ein Amulett«, fasste Robber zusammen. »Und ein komischer Fummel. Mehr nicht. Kein Beweismaterial für irgendetwas.«

Nele stand ratlos. »Glaubst du, ich bilde mir Horrorgeschichten ein?« Fast wäre sie froh gewesen, Robber hätte ja gesagt. Dann fiel ihr die Geschichte mit den Voodoo-Puppen ein.

»Ich hab dir doch von den Zauberpuppen auf den Internetseiten erzählt«, sagte Nele. »Wenn wir schon nichts andres aufspüren, dann könnten wir doch die Gelegenheit nutzen und mal nachsehen, was Voodoo eigentlich ist. Gib das mal bei Google ein.«

»Lass mal«, sagte Robber, »hab mich schon auf meinem PC

schlau gemacht. Voodoo ist eine Religion auf Haiti. Schwarze Sklaven haben sie im 16. Jahrhundert mit aus Afrika rübergebracht. Dann hat sie sich mit verschiedenen anderen Religionen vermischt. In den Gottesdiensten beten die Menschen ihre Götter an und tanzen dabei zu ihrer Musik, bis sie in Trance geraten. Wenn sie in dem Zustand sind, sprechen die Götter zu ihnen.«

»In echt?«

Robber zog die Mundwinkel nach unten. »Das behaupten sie jedenfalls. Sie teilen den Göttern ihre Wünsche mit, und wenn die Götter gnädig sind, erfüllen sie die auch. Auch Flüche und böser Zauber über andere Menschen werden erhört. Das können aber nur echte Hexen und Hexer erreichen … Aber was ist das denn …«

Robber hatte sich an den Schreibtisch gesetzt und etwas entdeckt. Eine DVD ragte seitlich aus dem Schlitz des PC-Gehäuses. Er drückte die Scheibe hinein und startete das Programm.« Mal sehen«, sagte er und schwang sich einmal auf dem Drehstuhl herum.

Ein Film begann über den Monitor zu laufen. In einem dunklen, fensterlosen Raum, der nur vom Schein vieler schwarzer Kerzen erhellt war, standen Menschen in dunklen Kapuzengewändern in einem Kreis und hielten sich an den Händen. Sie hatten die Augen geschlossen. Ihre Lippen bewegten sich in einem auf- und abschwellenden Singsang wie die Litaneien in der Kirche. Worte konnte man nicht verstehen. In der Mitte des Kreises blinkten Gegenstände auf dem Boden, ein goldenes Gefäß wie ein Kelch neben einem Teller.

Die Menschen fingen an, sich im Takt des Gesanges zu bewegen. Sie hoben die ineinander verschlungenen Hände, schritten zur Mitte vor und ließen die Hände beim Zurücktreten wieder sinken.

Im Flackern des Lichts erschien an der Stirnwand des

Raums ein auf den Kopf gestelltes Kreuz und verschwand wieder in Nebelschwaden. Die Menschen standen still und schwiegen. Die Musik, die bisher den Singsang untermalt hatte, brach ab. Eine Frau in einem bis auf den Boden reichenden, fließenden Gewand schlug ihre Kapuze zurück. Schwarzes, glattes Haar reichte ihr bis über die Schultern.

»Das ist Natascha«, flüsterte Robber, der wie gebannt auf den Bildschirm starrte.

Nele beugte sich vor, um besser zu sehen.

»Nein«, sagte sie. »Das ist sie nicht. Sie sieht nur so ähnlich aus.«

»Doch!«, beharrte Robber mit seiner Trotzstimme. »Sie ist es.«

»Das Bild ist zu unscharf. Es lässt sich nicht mit Sicherheit sagen.«

Nele starrte weiter gebannt auf den PC. Das Mädchen hob die gefalteten Hände zum Himmel. Man sah sie jetzt nur noch von hinten. Sie sprach ein Gebet.

»Herr der Finsternis, du bist das Brot der Welt, die Wahrheit und das Leben.«

»Herr, erhöre uns«, antwortete eine Stimme.

»Drei sind, die Zeugnis geben. Der Geist, das Wasser und das Blut. Und diese drei sind eins.«

»Durch ihn und von ihm und in ihm ist alles!«, antworteten alle im Chor.

»Lasset uns ablegen die Werke des Lichts und anziehen die Werke der Finsternis!«

»Was ist das denn?«, raunte Nele.

»Scht«, sagte Robber und stieß sie in die Seite.

»Unser Leib sei ein Tempel deines Geistes.«

»Verleihe uns Kraft und Stärke zu den Werken, die wir in deinem Namen tun. Erhöre uns, Herr, erhöre uns. Wir sind deine Diener!«

Dann begann die Musik wieder, zuerst leise, dann immer lauter, bis die Orgeltöne sich in Dissonanzen jagten. Die Musik dröhnte und hackte und machte die Menschen unruhig. Sie verfielen in Geschrei, hohe, schrille Töne. Sie klatschten rhythmisch in die Hände, wiegten sich in den Hüften und fingen an, sich um sich selbst zu drehen. Plötzlich brach die Musik ab. Die Menschen standen still, wie betäubt, sammelten sich, warteten. Eine andere Frau ging langsam in die Mitte und hob den Teller hoch. Die Kamera zeigte ihn in Nahaufnahme. Es lagen dreieckige, bräunliche Gebilde darauf, wie Esspapierstücke. Die Frau schritt den Kreis der Wartenden ab und legte jedem eine der merkwürdigen Oblaten auf die Zunge. Nele wusste, dass die richtigen Oblaten in der Kirche weiß und rund waren. Noch ehe die Frau den Nächsten erreichte, hatte der mit geschlossenen Augen den Mund geöffnet und die Zunge herausgestreckt. Die Frau murmelte für jeden einen Spruch. Als alle versorgt waren, trug sie den goldenen Teller zurück und tauschte ihn gegen den schimmernden Pokal. Die Menschen nahmen alle einen tiefen Schluck und sahen danach wie von einem großen Durst erlöst aus.

Die Priesterin leerte den Pokal und stellte ihn neben den Teller. Dann trat sie in den Kreis zurück, und alle fassten sich wieder an den Händen. Sie hatten jetzt die Augen geöffnet und starrten in die Höhe. Ein bläuliches Licht breitete sich aus, das in kreisende Nebelschweife zerfiel, sich sammelte, zerfiel, sich wieder sammelte. Zuletzt formte sich eine Gestalt darin, schemenhaft, fließend. Nele erkannte ein Gesicht in einem dreieckigen Kopf mit spitzem Kinn und Hörnern an der Stirn und schwarz glühenden Augen. Der zum Lachen verzogene breite Mund machte aus dem Gesicht eine grässliche Fratze. Dann löste sich alles wieder auf. Ein Donnerschlag ertönte. Auf den Gesichtern der Menschen hatte sich ein seliges Lächeln ausgebreitet. Dann war der Film zu Ende.

Nele saß wie betäubt da. Robber machte den Computer aus und rückte mit dem Drehstuhl zurück. Er faltete die Hände über dem Bauch und sah Nele an. Keiner sprach ein Wort.

»Jetzt weißt du, was eine Schwarze Messe ist«, sagte Robber endlich. »Hans musst du nicht mehr danach fragen. Und was dieses seltsame Gewand angeht, hast du jetzt auch gesehen, wozu man es braucht.«

Nele biss sich auf die Lippen, um die Tränen zurückzuhalten. Sie wollte nicht vor Robber weinen.

»Er ist einer von denen«, sagte Robber. »Das ist mal klar. Jetzt wissen wir, was gespielt wird.«

»Hast du ihn denn gesehen?«, fragte Nele. »Ich nicht.«

Sie wollte sich noch eine letzte winzige Möglichkeit offen halten.

»Nein. Aber es war Natascha. Das sagt doch wohl alles.«

»Ich habe sie nicht erkannt! Es könnte ein ganz beliebiger Film von einer Teufelsmesse sein!«, schrie Nele wütend. Jetzt, wo alles so überzeugend schien, wehrte sie sich plötzlich mit Händen und Füßen gegen die Wahrheit, dass Hans etwas mit diesen Dingen zu tun hatte. Ihr Hans! Mit solchen Menschen und mit so einer Natascha!

»Lüg dir nicht in die Tasche, Nele. Es war Natascha. Aber auch, wenn sie es nicht gewesen wäre, was würde das ändern? Hans guckt sich solche Filme an. Er hat einen Koffer voll mit Satanisten-Zeug. Wie viele Beweise brauchst du denn noch! Nele!« Robber rollte mit dem Stuhl auf sie zu, legte ihr die Hände auf die Schultern und schüttelte sie.

Unwillig entzog Nele sich ihm und blickte trotzig zu Boden.

»Vielleicht ist der Film ja nur gestellt. Aber eins ist todsicher: Sie glauben an den Teufel!«, sagte Robber ruhig.

»Ja!«, schrie Nele wieder. »Ich hab die Gebete ja gehört!

Weißt du, dass Hans früher mal einen Altar gehabt und zur Jungfrau Maria gebetet hat?«

Sofort schämte sie sich, Robber das verraten zu haben. Der sah sie verblüfft an. »Woher weißt du das denn?«

»Von Oma Heufeld«, sagte Nele leise. »Da war er noch ganz klein.«

Das hatte Oma zwar nicht gesagt, aber Nele wollte nicht riskieren, dass Robber sich über Hans lustig machte.

»Hab nie was gesehen in diese Richtung«, sagte Robber.

»Es war auch nur ein kleines Heiligenbild mit einer Kerze davor, das zwischen den Büchern gestanden haben muss«, wiegelte Nele weiter ab.

»Vielleicht war das zu der Zeit, als er zur Kommunion gegangen ist oder Ministrant war«, überlegte Robber weiter. »Egal.« Er schlug mit beiden Händen auf die Stuhllehnen. »Jetzt hat er jedenfalls nichts mehr mit Gott und den Heiligen am Hut. Unser Verdacht hat sich so weit verdichtet, dass du nicht mehr die Augen vor der Wahrheit verschließen kannst.«

»Ich will ihn sehen und mit ihm sprechen«, sagte Nele tonlos. »Ich werde ihn mit jeder Kleinigkeit konfrontieren, und er soll mir nicht mehr mit Ausflüchten kommen. Darauf falle ich nicht mehr rein.«

Sie blickte Robber trotzig an. »Nein«, sagte sie. »Ich geh ihn jetzt suchen.«

»Du willst nach Moers zu den Schwarzkutten? Bring dich nicht in Teufels Küche!«

Nele lachte bitter auf. »Da stecken wir doch schon alle mittendrin.«

»Ich könnte heute Nachmittag mit dir gehen.«

»So lang will ich nicht warten. Ich versprech dir, vorsichtig zu sein.«

»Ja! Genauso wie in Wolfskuhlen! Immer auf Abenteuer aus!«

»Nein«, sagte Nele, »von so was hab ich echt die Nase voll. Aber ich kann nicht noch mal den ganzen Vormittag hier rumsitzen und Däumchen drehen. Ich hab genug gewartet.« Sie fuhr sich in die Haare. »Ich werd verrückt davon! Kannst du das nicht verstehen?«

»Doch«, sagte Robber. »Das kann ich verstehen. Ich seh schon, Prinzessin, ich kann dich nicht zurückhalten. Sei aber wirklich vorsichtig! Versprich mir das! Ich wünsch dir viel Glück!«

Sie klatschten ihre Hände mit gespreizten Fingern gegeneinander. »Wird schon schief gehen«, sagte Nele.

*

An der Stadtbibliothek in Moers standen viele Räder. Nele stellte ihrs dazu und schloss es ab. Leider hatte sie nicht so ein stabiles Extraschloss wie die meisten anderen. Aber ihr Rad war alt, sie musste es drauf ankommen lassen.

Sie ging genau den Weg, den sie mit Oma gegangen war, an dem alten Rathaus vorbei über den Markt in die Steinstraße hinein. Als sie an den Geschäften vorbeikam, fiel ihr wieder der Badeanzug ein. Ihr Kopf war so voll von Hans gewesen, dass sie ihn total vergessen hatte. Sie kam ans Ende der Steinstraße, wo rechts die Eisdiele lag und gegenüber der Bushalteplatz am Königlichen Hof. Die Schwarzgekleideten waren nicht da. Unschlüssig sah Nele sich um. Auf die Suche nach ihnen durch die Sträßchen des Stadtzentrums zu laufen, war zu unsicher. Sie konnten überall und nirgends sein. Sicher war nur ihr Treffpunkt am Königlichen Hof. Dort hatte sie sie gesehen.

Eine Weile stand sie an dem Geländer neben der Eisdiele, hinter dem es steil zu einem schmalen Bach hinunterging, der munter über Steine hopste. Ein Bus fuhr vorbei, Fahrräder flitzten, Autos bremsten bei Rot vor der nächsten Ampel. Nele kaufte sich ein Eis auf die Hand, Himbeer und Pistazie in einer knusprigen Waffel, und kehrte zu dem Geländer zurück. Von dort hatte sie den besten Überblick.

Zwei Busse fuhren drüben gleichzeitig in die Parkbuchten ein, hielten nebeneinander und versperrten ihr die Sicht. Als die Fahrgäste gewechselt hatten, fuhr einer wieder ab.

In der Lücke, die entstand, sah Nele plötzlich Hans und das Mädchen. Vor Aufregung vergaß sie ihr Eis. Als sie die Fußgängerampel erreichten, die genau zu Nele hinüberführte, packte Natascha Hans am Arm. Es war Rot. Natascha ließ Hans auch nicht los, als Grün kam. Es sah aus, als fürchte sie, er könne ihr entwischen. Sie redete eindringlich auf ihn ein. Hans blieb stumm. Einmal versuchte er, seinen Arm hochzureißen, aber Natascha schien darauf vorbereitet und ließ nicht locker.

Nele war ganz heiß geworden, bestimmt hatte sie einen roten Kopf. Sie drehte sich um, weil sie von den beiden nicht gesehen werden wollte. Ihr Eis warf sie in den Bach hinunter. Der Appetit war ihr vergangen. Als sie sich vorsichtig umsah, marschierten die beiden die Straße hinunter, die vom Stadtzentrum mit den Geschäftsstraßen fortführte. Natascha hielt Hans immer noch fest. Er leistete keine Gegenwehr. Beide hatten ihren Schritt beschleunigt.

Nele wollte mit Hans nicht in Gegenwart von Natascha reden. Was sie gesehen hatte, reichte ihr. Hans war nicht nur in Moers, um bei seiner Mutter zu sein, sondern auch, um *sie* zu sehen. Warum sie ihn allerdings abführte wie einen Verbrecher und er sich das gefallen ließ, darauf konnte sie sich keinen Reim machen.

Vielleicht sollte sie ihnen doch in sicherem Abstand folgen, um herauszufinden, wohin sie gingen. Also setzte sie sich in Bewegung. Einmal schob sich eine Menge Fußgänger zwischen sie und die beiden. Als sie wieder freie Sicht hatte, waren Hans und Natascha verschwunden. Sie mussten in eine Seitenstraße abgebogen sein. Nele rannte, aber als sie an die nächste Ecke kam und in die abzweigende Straße sah, konnte sie sie nicht entdecken. Ein Gewirr von Sträßchen ging gleich wieder sternförmig nach allen Seiten ab. Sie konnten überallhin abgebogen sein.

Nele hatte die beiden verloren. Am Ende des Neuen Walls, auf dem sie sich befand, sah sie plötzlich die Bibliothek, wo sie ihr Fahrrad abgestellt hatte. Jetzt konnte sie nur noch nach Hause fahren und warten, bis Robber heimkam, um sich mit ihm weiter zu beraten. Wie eine Irre strampelte Nele nach Hause. Wo es aus der Stadt hinausging und keinen Fahrradweg mehr gab, hupte einmal ein Auto hinter ihr. Sie hatte nicht aufgepasst und war zu weit nach links auf die Fahrbahn geraten. Mit ihren Gedanken war sie nur bei Hans und Natascha.

Zu Hause ließ sie das Rad gegen die Garagenwand fallen und atmete tief durch. Ihre Wangen glühten. Was jetzt? Robber konnte sie erst in zwei Stunden erreichen, wenn er von den van Leeuwens wieder zurück war. Sie konnte unmöglich so lange rumsitzen und lesen, fernsehen oder Musik hören!

Nele hockte sich auf die Stufen vor ihrer Haustür, schlang die Arme um die Knie und schaukelte vor und zurück.

Knirschte der Kies nebenan? Ihr Körper bestand nur noch aus Ohren. Geräusche drangen in ihr Ohr, die sie früher nicht beachtet hatte. Sie registrierte jedes Auto, das vorbeifuhr, jedes ferne Hundegebell, ja, sogar das Vogelgezwitscher im Apfelbaum im Obstbongert.

Es war unmöglich, dass Hans ihr an den Abenden im Maisfeld etwas vorgespielt hatte.

»Magst du mich noch?«, hatte er sie am Abend des Angelausflugs gefragt. Aber etwas war zwischen sie beide gekommen, und er hatte nicht den Mut gehabt, ehrlich mit ihr darüber zu reden.

»Ich kann dir alles erklären!«, hatte er gesagt. Aber er hatte sein Versprechen nicht gehalten.

Doch vielleicht wollte er es immer noch! Vielleicht riss er sich gerade von Natascha los und kam zurück!

Neles Körper straffte sich. Vielleicht war er schon auf dem Weg, und es dauerte nur so lange, weil er von Moers bis Vierbaum zu Fuß gehen musste!

Sie sprang auf und rannte die Auffahrt hinunter und die Straße entlang in die Richtung, aus der er kommen musste. Aber er kam nicht. Vielleicht nahm er einen anderen Weg?

Sie kehrte um. Besser, sie wartete vor den Häusern.

Schließlich fuhr Omas Golf in den Hof. Zerstreut half Nele ihr beim Vorbereiten des Mittagessens. Es gab Nudeln mit Gehacktessoße.

»Das isst du doch so gern«, sagte Oma. Sie hatten einmal über Neles Vorlieben gesprochen. Diesmal musste Nele sich die Nudeln hineinzwingen.

Nach dem Essen war es endlich so spät, dass sie Robber anrufen konnte. Er war gleich selbst am Apparat.

»Ich hab ihn gesehen«, flüsterte Nele. »Mit Natascha. Ich bin ihnen ein Stück hinterher, dann waren sie plötzlich weg. Sie hat ihn die ganze Zeit am Arm gepackt und durch die Gegend gezogen. Es sah aus, als würde sie ihn abführen.«

»Wenn er sich nicht gewehrt hat, wird er nichts dagegen gehabt haben«, sagte Robber trocken.

Nele ärgerte sich. Immer musste Robber seine Anspielungen machen!

»Hör auf damit, Robber! Ich glaub eher, sie haben sich gestritten!«

»Dann hätte er sich doch von ihr losgerissen! Du willst einfach die Wahrheit nicht hören!«

»Ein Junge lässt sich nicht von einem Mädchen stundenlang über die Straße zerren, oder?«

»Wenn es trotzdem so war, wäre er ein Weichei!«

»Du bist gemein!« Nele wurde wütend. »Ich werde hier auf ihn warten. Ohne dich. Mit dir zusammen würde es eh nie zu einem vernünftigen Gespräch kommen. Du würdest alles nur kaputtmachen!«

»Danke«, sagte Robber. »Hab verstanden. Dann tu, was du nicht lassen kannst. Irgendwann werde ich ja vielleicht mal hören, was dabei herausgekommen ist. Und eins sag ich dir. Es wird so sein, wie ich gesagt habe. Er ist Natascha hörig.«

Robber hatte aufgelegt.

»Das gibt's doch wohl nicht!«, flüsterte Nele empört. Tränen der Wut und Enttäuschung traten ihr in die Augen. Wie hatte sie sich nur in so einen bescheuerten Streit hineinziehen lassen können!

13.

Menschenjagd

Hans kam nicht. Ein paar Mal war Nele noch zwischen ihrem und Hans' Haus hin- und hergependelt, aber schließlich hatte sie es aufgegeben. Auf den Maisfeldern lag die Sonne wie ein roter Ballon, der immer platter und breiter wurde.

Oma bot ihr an, eine Runde »Siedler von Catan« zu spielen. Liebe Oma! Sie verwöhnte Nele mit ihren Lieblingsgerichten und wollte Gesellschaftsspiele mit ihr spielen, die sie gar nicht kannte. Alles Nele zuliebe, solange sie noch da war!

Aber Nele hatte jetzt keinen Sinn für Spiele. Sie musste allein sein.

»Entschuldige, Oma«, sagte sie. »Ich bin müde. Morgen vielleicht?«

Da wusste Nele noch nicht, dass es morgen keinen Spieleabend geben würde.

Sie zog die Bettdecke bis unters Kinn und starrte auf die Tapete, auf die das letzte Licht von draußen Schattenspiele warf. Vor ihren Augen wucherten Schlingpflanzen, fuhren ihre Stängel und Blätter aus wie Schnecken ihre Fühler, krochen über die Wände zur Decke. Es gab Flecken dazwischen und schwarze Pünktchen …

Auf einmal erkannte sie die Teufelsfratze. Zwei kohlschwarze Augen und der breite, lachende Maul. Die Pechaugen fixierten sie. Ein Ast schlug ans Fenster.

Nele zog sich entsetzt die Decke über den Kopf. Der

Schweiß brach ihr aus. Und plötzlich hörte sie deutlich eine Stimme. Es war die Stimme ihrer eigenen Angst.

Ihr Herz schlug immer lauter und schneller. Sie warf die Decke ab und sprang aus dem Bett, begann im Zimmer hin und her zu gehen, von der einen Wand zur andern, wie ein Tiger im Käfig. Aus den Schatten der sich bewegenden Schlingpflanzen verfolgten die Augen der Teufelsfratze jede ihrer Bewegungen mit höhnischem Grinsen.

Das Schlagen des Astes ans Fenster hörte plötzlich auf. In die Stille hinein vernahm sie von draußen Stimmen. Sie rannte ans Fenster. Drei Gestalten, die fast schon an der Einfahrt vorbei waren, wurden nur eine Sekunde lang vom Scheinwerferlicht eines Autos eingefangen. Aber Nele hatte sie erkannt. Es waren Natascha, Hans und der Schlammäugige gewesen. Hans ging in der Mitte. Die beiden anderen hielten sich dicht neben ihm. Sie gingen rasch in Richtung Wolfskuhlen.

Nele stürzte ans Telefon. Robber war zum Glück gleich selbst am Apparat.

»Sie schleppen ihn ab!«, flüsterte Nele.

»Wer alles?«, fragte Robber. Er wusste sofort, dass es um Hans ging.

»Darling Joe und das Mädchen.«

»Okay«, sagte Robber. »Hab kapiert.« Er hängte ein.

Verblüfft starrte Nele auf den Hörer. Was war denn das für eine Reaktion? Hatte Robber wirklich genug von ihr und der ganzen Geschichte? Konnte er den Streit von heute Mittag nicht mal vergessen? Dann musste sie sich eben selbst helfen.

Sie schlich nach oben, zog schnell wieder an, was noch von vorhin auf dem Stuhl lag, und rutschte das Treppengeländer hinunter. Oma kam nicht aus ihrem Zimmer.

Leise zog sie die Haustür ins Schloss, rannte über den Hof, fetzte im Rennen den Kies hinter sich. Hoffentlich schlief Oma fest!

Es war stockfinster. Ein pechschwarzer Wind ging über die Felder. Die Maispflanzen raschelten. Die Gegend kam ihr bei Nacht fremd und unheimlich vor. Im Dunkeln erschien die Straße endlos.

Endlich erreichte sie die Gabelung Vierbaumer Weg und Wolfskuhlenallee. Rechts konnte sie die Masse des Wolfkuhlenhofs ahnen. Die Bäume der Allee rauschten. Links von ihr lag das Waldstück, das sie bei ihrem ersten Besuch durchquert hatte.

Das Dickicht schien belebt zu sein. Sie meinte, es bewege sich etwas darin. Nele zitterte vor Aufregung. Ihre Kehle war vor Angst wie zugeschnürt. Trotzdem. Sie musste weiter. Sie suchte nach der schmalen Schneise im Unterholz. Da war sie. Nele wartete einen Moment, ehe sie hineinging, und lauschte. Kein Ästeknacken. Die Bewegungen im Gebüsch schienen weiter nach hinten gerückt zu sein. Nur das Rauschen der Bäume über ihr klang wie Seufzen. Vorsichtig wagte sie ein paar Schritte in das Dickicht, blieb stehen, lauschte, machte wieder ein paar, immer auf der Hut.

Von rechts kam plötzlich Musik. Nele kannte diese Musik. Sie hatte sie in dem Film gehört, bei der Feier der Kapuzenträger. Sie schlich den Tönen entgegen. Bald kündigte eine ungewisse Helligkeit das Ende des Dickichts an. Der Lichtschein nahm zu.

Nele stand jetzt unter den letzten Bäumen am Rand des Platzes, wo die Hütte lag. Zwischen ihr und dort gab es nur noch den breiten Gürtel Brombeergestrüpp. Sie versteckte sich hinter einem der dicken Stämme, von hier aus konnte sie alles überblicken.

Das Licht kam von vielen brennenden Kerzen. Gestalten bewegten sich zu der Musik, die etwas Waberndes, Auf- und Abschwellendes hatte. Dann begann sie zu kreiseln, wurde hart und laut. Nele spürte, wie sie ihr ins Blut ging. Sie war wie heiße Sonne und Dunkelheit, alles abwechselnd. Zuletzt schlug sie wie mit geballten Fäusten gegen ihr Herz. Nele begann wieder zu zittern.

Die Tanzenden gaben sich der Musik hin. Sie bewegten sich mal langsam, mal heftig wie in Trance. Es waren Jugendliche, Jungs und Mädchen, alle in schwarzen Sachen. Manche trugen wallende dunkle Gewänder.

Gitarrenmusik stieg auf zu metallischem Gekreische. Die Tanzenden drehten sich im Rhythmus um ihre eigene Achse und stampften mit den Füßen. Ein Schwall vom Duft verbrennender Kräuter zog zu Nele herüber. Er kam aus einer Schale, die über einer niedrigen Feuerstelle stand. Rauch stieg auf.

»Herr der Finsternis«, begann eine männliche Stimme beschwörend, »wir rufen dich an!«

»Sei bei uns mit deinem Geiste«, fiel eine andere ein.

»Stärke uns mit deiner Kraft.«

»Denn dein ist das Reich und die Kraft und die Herrlichkeit.«

Neles Herz schwang mit im Rhythmus des Gebetes. Es hatte einen schönen, geheimnisvollen Klang.

»In Ewigkeit, Amen.«

Es war das Ende des »Vater Unser« … Aber es war nicht Gott angerufen worden, sondern der Herr der Finsternis, wie in dem Film. Wer damit gemeint war, war klar. Der Teufel, der Satanistengott.

Ein Mädchen trug eine schwarze, brennende Kerze aus dem Haus und schützte mit vorgehaltener Hand die Flamme. Ihre Gesichtszüge zuckten im Schein des flackernden Lichts. Trotzdem konnte Nele erkennen, dass es Natascha war. Sie trug ein schwarzes Seidengewand, das bei jeder Bewegung funkelte, das Gewand aus dem Koffer. Auf Nataschas Brust hing das Amulett. Ihre dunklen langen Haare schimmerten im Schein der flackernden Kerze. Sie stellte sich neben den Holzblock mit den rötlichbraunen Blutspuren. Nun brannte die Flamme hoch und still. Natascha reckte die Arme zum Himmel und spreizte die Finger.

»Satan, Herr der Welt und des Weltalls, wir loben deinen Namen und versprechen, alles zu tun, um deinen Namen in der Welt bekannt zu machen. Um das zu erreichen, sind wir bereit zu brennen, zu zerstören, zu vernichten!«

Die Stimme des Mädchens schwoll an. »Satan!«

»Zu brennen, zu zerstören, zu vernichten!«, wiederholte die Menge.

»Wir sagen Gott den Kampf an!«

»Kampf, blutigen Kampf!«, antworteten die Stimmen im Chor.

Aus dem Dunkel um das beleuchtete Rund des Platzes wurde von einem der Nietenmänner ein Holzkreuz gebracht. Drei andere tanzten herbei, drehten es auf den Kopf und rammten es in den Boden. Es neigte sich zur Seite. Jemand kam zu Hilfe, richtete es auf und trieb mit starken Hammerschlägen einen Keil in den Boden, sodass es abgestützt stehen blieb. Nele erkannte den Schlammäugigen, der wie die anderen schwarze Kleidung trug.

Die Menschen hatten die Rücken gebeugt, schwangen die Arme hin und her, scharrten mit den Füßen.

»Blut, Blut, Blut!«, hechelten die Stimmen heiser wie die Stimmen jagender Wölfe.

»Fürst der Leere! Wir sind bereit zu morden!«, gipfelte Nataschas Stimme in einem schrillen Ruf.

Nele stockte der Atem. Sie fühlte, wie sich ihr die Härchen auf den Armen sträubten und ihre Kopfhaut sich vor Entsetzen kräuselte.

»Blut, Blut, Blut!« Die Stimmen der Tanzenden wurden immer lauter und fordernder. Sie drängten sich enger und enger um den Mittelpunkt, den Holzklotz und die brennende

Kerze. Einer der Männer trug ein schwarzes Huhn in den Kreis, das aufgeregt gackerte. Eine Messerklinge blitzte auf …

Dann hob eine Schwarzgekleidete eine gefüllte Schale empor und zeigte sie feierlich herum. Ein allgemeines »Ahhhh« quoll aus den Kehlen, als weiche endlich die höchste Anspannung. Alle drängten herbei, tauchten die Finger in die Schale, betupften sich die Stirn und tanzten wieder wie berauscht.

Da brach eine Gestalt aus dem dichten Ring von Körpern, rannte in Richtung Hütte und verschwand dahinter.

»Dragun! Komm zurück!«, rief einer und nahm die Verfolgung auf. Nele erkannte die Stimme des Schlammäugigen.

»Beim Fürst der Finsternis!«, schrie ein anderer. »Haltet den Verräter!«

Der Kreis löste sich unter Geschrei auf. Alle wollten den Flüchtenden jagen.

»Hans!«, schrie ein Mädchen und rannte in die Richtung, in die der Fliehende und sein erster Verfolger verschwunden waren. Es war Natascha.

Von allen Seiten drangen Stimmen durch den Wald, die sich aber eher entfernten als auf Neles Versteck zukamen. Aber plötzlich hörte sie ganz nah ein Knacken im Gebüsch. Es kam geradewegs auf sie zu. Das Licht einer Taschenlampe leuchtete auf und glitt suchend über ihr Versteck. Nele duckte sich. Vergeblich. Mit ein, zwei großen Sprüngen war jemand über ihr, packte sie und riss sie an den Haaren hoch. Sie erkannte über sich die schrecklichen, rollenden Augen des Schlammmannes. Das gelbliche Weiß seiner hervorquellenden Augen stand groß um die schwarzen Pupillen.

In überschäumender Wut riss der Schlammmann sie an den Haaren hin und her. Kein Laut kam über seine zusammengepressten Lippen. Nele schrie laut auf vor Angst und Schmerz. Sofort legte sich seine schwitzige Pranke auf ihren Mund. Sie spürte seine langen Fingernägel über ihre Wange kratzen.

»Hab ich doch die ganze Zeit gewusst, dass du gefährlich bist!« In den Winkeln seines Mundes stand Schaum. Er fletschte die Zähne wie ein wildes Tier. Nele sah, dass er verrückt war.

»Ich hab nichts getan!«, wimmerte sie und hielt die Arme schützend vors Gesicht. Immer noch riss sie der Schlammäugige an ihren Haaren. Sie spürte einen gewaltigen Schlag in den Rücken. Stöhnend ging sie in die Knie. Dann spürte sie den schrecklichen Schmerz am Kopf, schlimmer noch als zuvor.

»Lass sie los!«, schrie da eine Stimme. »Lass sie sofort los!« Neles Kopf war plötzlich frei. Sie kannte die Stimme, auch wenn sie von Wut und Angst entstellt war.

Sie schaute auf. Hans rang mit dem Schlammmann. Es war ein ungleicher Kampf. Der Schlammmann lag auf Hans und drückte ihn mit seinem Gewicht zu Boden. Seine Hände umspannten seinen Hals. Hans umklammerte die Handgelenke des Schlammmannes und versuchte, dessen Hände auseinander zu reißen. Er ruderte wild mit den Beinen.

»Du mieser Verräter!«, zischte der Schlammäugige. »Du entkommst mir nicht!«

Hans' Augen waren weit aufgerissen, und sein Mund stand offen. Er rang nach Luft. Nele blickte um sich und sah einen Stock aus den Brombeeren ragen. Sie riss ihn heraus. Sie holte aus und ließ ihn mit voller Wucht auf das Kreuz des Schlammäugigen niedersausen. Der lockerte für einen Moment seinen Griff, lang genug für Hans, um sich mit letzter Kraft aufzubäumen und seinen Gegner abzuwerfen. Aber gleich wollte der sich wieder auf ihn rollen – die Zeit hatte nicht dafür gereicht, dass Hans aufspringen konnte.

Doch plötzlich war ein anderer über ihm.

Nele hatte nur kurz einen Schatten bemerkt, der aus dem Gebüsch brach.

»Das war's dann«, hörte sie eine ruhige Stimme. »Auf mit dir.«

*

Herr Schönwald ließ die Handschellen zuschnappen und stieß den Schlammäugigen vor sich her. Verwirrt schaute Nele um sich, als sie mit ihm und Hans den Platz vor dem Schloss erreichte. Polizisten in Uniformen führten Gestalten aus dem Wald, in Handschellen, mit auf den Rücken gedrehten Armen. Natascha war auch dabei. Sie senkte den Blick, als sie Hans und Nele sah.

»Keine allzu reiche Ausbeute«, stellte Herr Schönwald fest und blickte in die Runde.

»Es waren zu viele. Wir waren zu wenige«, antwortete einer der Beamten.

»Es waren dreizehn«, sagte Hans.

Alle guckten ihn überrascht an.

»Das ist ja dein Sohn!«, sagte einer der Polizisten verwundert.

»Ja«, sagte Herr Schönwald in sehr ernstem Ton. »Und er wird mir eine Menge zu erklären haben. – Alles mitnehmen, was ihr findet«, wandte er sich an die Polizisten, »Beweismaterial sammeln, solange es noch da ist. Womöglich kommt der Rest von ihnen wieder, um Spuren zu beseitigen.«

Auf dem Rückmarsch zur Straße benutzten die Polizisten einen Pfad, der durch das Wäldchen genau auf das Schloss zuführte. Nele erkannte die alte Holzbrücke über dem ausgetrockneten ehemaligen Schlossgraben. Als sie die ersten Bohlen betraten, knackte es verdächtig im Gebälk.

»Einer nach dem anderen«, warnte der Vorderste, »sonst bricht sie völlig zusammen.«

»Wie alles hier auf Wolfskuhlen«, sagte ein anderer und

richtete seine Taschenlampe auf die Brücke, um denen, die ihm folgten, zu leuchten.

Vorne dann, vom verwüsteten Vorplatz des Schlosses aus, sah Nele Blaulicht auf der Straße blinken. Dort warteten mehrere Polizeifahrzeuge. An einem Mannschaftswagen standen schon die Türen offen.

Jemand kletterte aus dem Wagen mit dem Blaulicht. Der Schein zuckte über sein Gesicht.

»Robber!« Nele war baff. Sie lief auf ihn zu und fiel ihm um den Hals. »*Du* hast also die Polizei geholt!«

Robber hielt die Hände in den Hosentaschen. »Warum so überrascht, Prinzessin? Hast du nicht kapiert, dass ich die Sache in die Hand nehmen würde?«

»Ich dachte, du wärst immer noch sauer auf mich, als du einfach eingehängt hast …«, sagte Nele leise. Sie drehte sich zu Hans um. »Hans, du kannst dich bei deinem besten Freund für deine Rettung bedanken!«

Hans kam verlegen mit hochgezogenen Schultern und stellte sich zu ihnen. Schließlich gab er sich einen Ruck und reichte Robber die Hand.

»Danke«, sagte er. »Ich versteh zwar nichts … Du hast die Polizei geholt?«

»So ungefähr«, sagte Robber.

»Wenn sie mich zurückgeschleppt hätten, weiß ich nicht, was passiert wäre«, sagte Hans. »Ich sollte mein Gelübde ablegen.«

»Gelübde?«

»Meinetwegen haben sie eine Extrafeier mitten in der Woche gemacht. Sie wollten nicht länger mit mir warten.«

»Hä?« Nele verstand überhaupt nichts.

»Ich sollte endlich eintreten, damit sie sicher sein konnten. Wer in dem Bund ist, kommt nämlich so einfach nicht mehr raus.«

»Waren das denn deine Moerser Freunde? Natascha war auch dabei, oder?«

»Freunde!«, sagte Hans bitter. »Ja, am Anfang dachte ich, dass sie das sein könnten. Ich fand sie cool. So locker, verstehst du. Sie hatten null Probleme mit gar nichts im Leben, hatten alles im Griff … Im Gegensatz zu mir, vor allem seit meine Mutter fort ist.« Hans senkte den Blick.

»Das hat mich fasziniert. Und zuerst haben mich auch die Sachen mit der Teufelsanbetung fasziniert. Es hat sich so einfach angehört, dass einem Luzifer, der Teufel, Macht verleiht, dass man durch seine Kraft Menschen manipulieren kann. Ich wollte auch so stark sein. Allein konnte ich das nicht. Allein ging bei mir alles schief … Ich fand es schön, dass ich solche Freunde hatte.«

Hans blickte immer noch starr zu Boden. »Aber bei ihren Messen ist mir dann unheimlich geworden, und ich hab gemerkt, dass das Ganze kein Spiel ist.«

»Warum hast du Robber und Matze oder mir nie was davon erzählt?«, unterbrach Nele aufgeregt.

»Ich wusste, dass sie Darling Joe auf uns beide angesetzt hatten. Sie haben mitgekriegt, dass du und ich zusammen sind. Sie haben dich schon richtig eingeschätzt. Haben mitgekriegt, dass du keinen guten Einfluss auf mich haben könntest, also gut in ihrem Sinne.«

»Ich hab's geahnt«, sagte Nele matt. »Sie hatten Angst, dass du mir was verrätst. Hat Darling Joe uns auch im Maisfeld beobachtet?«

»Ja. Ich konnte dich unmöglich weiter treffen. Wenn Natascha gegen dich gehetzt hat, ist mir echt anders geworden. Sie wusste von Darling Joe alles über uns.«

»Also war sie eifersüchtig.«

»Ja. Sie hat wohl gehofft, aus uns beiden könnte mal was werden. Aber es ging ihr auch um den Bund. Sie war wütend, dass so ein kleines dahergelaufenes Mädchen alles kaputtmachen würde. So hat sie sich ausgedrückt. Immer wieder haben sie mich deswegen in die Mangel genommen. Sie waren alle sicher, wenn du was wüsstest, würdest du alles an die große Glocke hängen ...«

Hans schluckte. »Sobald sie mich als festes Mitglied im Bund gehabt hätten, hätten sie beruhigt sein können«, fuhr er fort. »Ungestraft tritt keiner aus.«

»Was machen sie denn mit so einem?«, fragte Robber, den dieser Punkt am meisten interessierte. »Stechen sie durch Puppen, damit ihm was passiert?« Er lachte spöttisch auf.

Hans sah ihn an. »Hat Nele dir davon erzählt? Ich weiß nicht, was sie mit mir gemacht hätten. Es hat Fälle gegeben, da ist einer zu Tode gekommen, und niemand hat Verdacht geschöpft, dass es ein Verbrechen war.«

Robber verstand. »Wahnsinn! So was ahnt ja keiner!«

»Gut, dass du all die schrecklichen Sachen nicht mitmachen wolltest. Ich hatte schon Angst, dass du auch auf so was abfährst, als wir uns über die Internet-Seiten unterhalten haben. Und dann diese furchtbaren Gebete und Beschwörungen! Da geht's ja nur um Blut und Verbrechen!«, rief Nele.

In diesem Moment trat Herr Schönwald zu ihnen. »Kommt jetzt. Ab nach Hause. Wir sind fertig. Morgen hab ich dann noch ein Wörtchen mit dir zu reden, mein Freund!« Er zog Hans am Arm mit sich fort.

Gerade setzte sich das Auto mit den gefangenen Satanisten in Bewegung. Nele sah das bleiche Gesicht von Natascha an der Fensterscheibe. Sie sagte etwas zu ihrem Nachbarn. Neben ihr auf der Pritsche drehte sich der Schlammäugige um. Als er Nele, Hans und Herrn Schönwald erkannte, hob er den Stinkefinger und zeigte sein breitestes Grinsen.

»Der fühlt sich sicher«, sagte Herr Schönwald. »Der plädiert auf Unzurechnungsfähigkeit ... Alles sichergestellt, Karsch?«, wandte er sich an einen Polizisten, der gerade einen Sack über den Zaun warf.

»Ein Beil, ein Kelch, eine Schale, ein Kessel, alles drin«, antwortete der.

»War kein Dolch dabei?«, fragte Herr Schönwald. »Zu den Gegenständen gehört wohl auch ein Dolch.«

Nele sah ihn verwundert an. Woher wusste er das?

»Er hat die Sachen gestern Abend in Hans' Koffer gefunden«, flüsterte Robber Nele zu. »Er war neugierig, warum du darin rumgeschnüffelt hattest. Als er den Anhänger gesehen hat, haben bei ihm die Alarmglocken geschrillt. Er wollte Hans zur Rede stellen ... Aber Hans hätte sicher wieder eine Ausrede gefunden. Bei dir hat er sich doch auch immer rausgeredet, oder?«

»Aber sein Vater ist von der Kripo. Der hätte bestimmt alles aus ihm rausgekitzelt.«

»Jedenfalls war Herr Schönwald froh, als ich ihm den Tipp mit Wolfskuhlen gegeben hab.«

Hans war näher gekommen.

»Was hatte es denn jetzt mit dem Gelübde auf sich?«, fragte Robber ihn.

»Beim Eintreten in den Bund wird dem neuen Mitglied mit einem Dolch in den Arm geritzt. Wenn das Blut rausquillt, wird eine Feder reingetunkt. Damit muss man ein Pergamentblatt mit dem Gelübde unterschreiben. Du besiegelst mit deinem Blut, dass du dem Teufel dienst, solange du lebst. Wenn du wagen solltest, dich davon loszusagen, würden die Mitglieder des Bundes im Namen des Teufels alles daransetzen, dich zu vernichten.«

Robber schüttelte sprachlos den Kopf. »Das ist ja finsterstes Mittelalter!«

Herr Schönwald drängte sie einzusteigen. »Los jetzt!«, befahl er ungeduldig und riss die Tür des Wagens ohne Blaulicht auf. Hans und Nele setzten sich nach hinten, Robber nach vorn neben Herrn Schönwald. Er wurde als Erster zu Hause abgesetzt.

Auf der Heimfahrt sah Nele, wie Herr Schönwald Hans im Rückspiegel beobachtete. Einmal wollte er was sagen, aber dann schwieg er doch. Hans war bleich und stumm. Er hatte Schatten der Erschöpfung unter den Augen. Sein schwarzes Hemd hatte Risse, und seine Jeans waren verdreckt und voller Winkelhaken. Er hatte die Hände schlaff auf seinen Knien liegen. Nele blickte an sich selbst hinunter. Sie sah genauso schlimm aus, und ihre Haare hingen ihr wild ins Gesicht. Der Schlammmann hatte ihr den Pferdeschwanzgummi vom Kopf gerissen. Sie merkte wieder, wie sehr ihr Kopf und Rücken schmerzten.

Plötzlich kam Hans' Hand heimlich näher. Er blickte weiter stur geradeaus, wahrscheinlich wusste er, dass sein Vater ihn beobachtete. Jetzt berührten sich ihre Hände. Nele zog ihre Hand nicht weg.

Es war noch nicht richtig hell, als sie zu Hause ankamen. Die beiden Häuser lagen wie große schlafende Tiere im Dunkel. Hinter den Maisfeldern färbte sich der Himmel rot.

Es dauerte eine Weile, bis Oma im Bademantel die Haustür öffnete. Ihre Haare standen ihr wirr um den Kopf, und ihr Gesicht war knittrig vom Schlafen. Als sie Nele und Herrn Schönwald sah, verschlug ihr der Schreck die Sprache.

»Ich bringe Ihnen Ihre Enkelin«, sagte Herr Schönwald und schob Nele in den Hausflur. »Ich habe sie und meinen Sohn bei Wolfskuhlen aufgelesen …«

»Um Gottes willen! Mitten in der Nacht!«

»Die beiden haben sich in große Gefahr gebracht. Zum Glück hat Hans einen guten Freund, der Bescheid wusste und mich alarmiert hat.«

»Um Gottes willen, Nele!«, rief Oma wieder.

»Ich kann dir alles erklären!« Nele zog den Kopf zwischen die Schultern. Ihre Stimme war ganz klein und schuldbewusst. Sie fand es aber toll von Herrn Schönwald, dass er Hans nicht gleich vor Oma beschuldigte.

Und anstatt zu schimpfen, nahm Oma sie jetzt in den Arm. »Du bist ja ganz blass, Kind. Jetzt komm mal erst richtig rein und dann erzähl mir.«

Nele fing an zu schluchzen. Ein Knoten löste sich in ihrer Brust, der sie bisher daran gehindert hatte, den Tränen freien Lauf zu lassen. Jetzt brachen sie ungehemmt aus ihren Augen.

»Nun, nun«, flüsterte Oma und streichelte ihren Rücken. »Sch, sch … Nellaken, Kleines … Du bist ja jetzt zu Hause!«

»Bis morgen dann«, sagte Herr Schönwald und schloss leise die Tür.

Oma führte Nele nach oben, stellte die heiße Dusche für sie an und brachte ihr eine Wärmflasche und Tee, als sie endlich im Bett lag. Der Tee war heiß. Nele schlürfte ihn in kleinen Schlucken. Dann ließ sie sich zurückfallen. Sie war hundemüde. Sofort fielen ihr die Augen zu.

»Dann schlaf mal erst, Kind«, sagte Oma sanft und deckte sie mit der Patchworkdecke zu. »Morgen ist auch noch ein Tag.«

14.

Danach

Hans und Nele waren jetzt oft mit Robber und Matze zusammen, und das tat Hans gut. Auch mit seinem Vater hatte Hans klärende Gespräche. Herr Schönwald hatte sich an den Polizeipsychologen gewandt und von ihm die Adresse eines Psychotherapeuten bekommen. Er ging mit zu den Therapiesitzungen. Hans' Vater war klar geworden, dass er die Probleme, die Hans in die Fänge der Satanisten getrieben hatten, mitverursacht hatte.

Am hilfreichsten aber waren die Abende, die Hans mit Nele im Maisfeld verbrachte. Gemeinsam regten sie sich darüber auf, dass die Peiniger von Hans wieder laufen gelassen worden waren. Nur eine Anzeige wegen Hausfriedensbruch hatten sie bekommen. Dass man einer Sekte angehörte, war keine Straftat. Noch nicht mal eine Anzeige wegen nächtlicher Ruhestörung war eingegangen.

»Was ist denn mit Tierquälerei?«, hatte Nele gefragt. »Schließlich köpfen sie Hühner.«

»Hühner werden auf der ganzen Welt geschlachtet«, hatte Herr Schönwald trocken bemerkt. »Viel schlimmer ist, dass die Typen alle leugnen, dass sie Druck auf Hans ausgeübt haben. Da steht seine Aussage gegen ihre. Sie behaupten, er hätte sich da in was reingesteigert. Und bei der Prügelei mit Darling Joe habe er ja nur ein paar blaue Flecken bekommen.«

»Aber er hat mich fast erwürgt!«, hatte Hans erbost ausgerufen.

»Seine Eltern sagen, er habe einen Hirnschaden«, sagte Herr Schönwald und zuckte die Achseln.

Es war einer der letzten Abende, an denen Nele mit Hans an ihrem Platz im Maisfeld saß. In den vergangenen Tagen hatten Traktoren begonnen, Tag und Nacht die Maisfelder abzuernten. Bald würde auch ihr Feld an der Reihe sein.

Nele saß zwischen Hans' Knien und hatte den Rücken an ihn gelehnt. Er hielt seine Arme um ihre Taille geschlungen.

»Sag mal«, sagte sie und blickte in den bewölkten Himmel hinauf, »Dragun haben sie geschrien, als du ihnen davongelaufen bist. Was hatte das zu bedeuten?«

»Das ist mein Name gewesen. Man bekommt einen neuen Namen, wenn man in ihre Loge eintritt.«

»Loge?«

»Loge Luzifer. So nennen sie ihren Bund. Loge bedeutet Geheimbund.«

»Luzifer!« Noch einmal lief Nele eine Gänsehaut über den Rücken. Alle Schaurigkeiten standen ihr plötzlich wieder vor Augen.

»Als dein Vater ins Wasser gefallen ist, damals beim Angeln«, sagte sie leise, »hab ich tatsächlich fast geglaubt, du hättest was damit zu tun. So weit ist es bei mir schon gewesen.«

Hans drückte sie einmal kurz an sich. »Hast du denn etwa gesehen, dass ich ihn geschubst oder mit dem Boot geschaukelt habe?«, fragte er.

Nele schüttelte den Kopf, drehte sich zu ihm um und gab ihm einen Kuss. »… Hast *du* denn gesehen, dass vor Wolfskuhlen die ollen Häuser eingerissen werden?«, fragte sie. »Ich bin gestern dran vorbeigekommen.«

»Hoffentlich reißen sie Wolfskuhlen gleich mit ab«, seufzte Hans, »damit der ganze Spuk endlich ein Ende hat …«

Nele ließ sich auf den Boden fallen und zog Hans mit sich.

»Versuch, es zu vergessen«, flüsterte sie, während sie seine Nackenhärchen streichelte. »*Ich* bin da und keine Satanisten mehr. Ich werd immer für dich da sein, auch wenn ich wieder nach Hause muss. Wir werden uns immer besuchen, und in den nächsten Ferien komm ich wieder … Sag doch noch mal ›never leave me‹ zu mir, bitte … Es ist schon so lang her, dass du es mal gesagt hast.«

»Never leave me«, sagte Hans zärtlich und gab ihr zur Besiegelung einen seiner langen Küsse.